メディアワークス文庫

サトリの花嫁２

～旦那様と私の帝都謎解き診療録～

栗原ちひろ

目　次

第一話
愚者の贈り物　4

第二話
黄昏《たそがれ》時の吸血鬼　78

第三話
小鳥の嘘《うそ》と温泉郷　153

第四話
死は甘美なる毒　213

エピローグ　271

あとがき　277

第一話　愚者の贈り物

「この中のどこか、というお話でした」

「なるほど。なかなか峻《しゅん》厳《げん》な本の山脈だな」

城《じょう》ヶ《が》崎《さき》蒼《あおい》と、その夫、城ヶ崎宗一《そういち》。

ふたりは医学校の資料室にたたずみ、目の前の資料の山を見つめている。

木造洋館の一室を使った資料室は、普段使わないがとりあえず取っておきたい教材を保存しておく場所だ。ガラス戸がついた標本棚と本棚が壁を埋め、そこに入りきらなかった模型や標本が床を埋め、さらにその隙間に本が山脈を作っているという惨状である。

そんな埃《ほこり》っぽい場所なのに、蒼の気持ちは浮き立っていた。

「本は、あればあるほどいいものですし。この中にお父さまの著書があると思うと、それだけで部屋中が輝いて見えます……！」

蒼と宗一が資料室を訪れた理由は、蒼の父の著書探しのためだ。

（海鳴誠司《みなりせいじ》。それが、お父さまの名前）

幼いころに両親と死に別れた蒼は、両親の名前を覚えていない。

両親の名が判明したのは、蒼に火事のときの記憶が戻り、宗一が当時のことをくわしく調べてくれたおかげだ。火事のどさくさで死亡扱いになってしまった蒼の戸籍も無事に復活し、『海鳴蒼』は正式に『城ヶ崎蒼』になった。

それだけでもたまらなく嬉《うれ》しいことなのに、今度は父の著書が見つかるなんて。

蒼はてきぱきとたすき掛けをし、洋装の美しい旦那さまを扉のほうに追いやった。

「埃がお体に障るかもしれません。宗一さまは、扉のそばで見物していらしてくださいね。ちょうど立派な椅子もありますし」

「まるでお姫さま扱いだね。病身では、あなたを支えることも許されない？」

宗一に冗談めかして微笑《ほほえ》まれると、蒼は途方もなくしあわせになってしまう。

彼は、一見近寄りがたいような険しい美貌の持ち主だ。なのに、微笑むと切れ長の目元が、男らしい口元が、蜜が滴るように甘くなる。その蜜が自分だけに注がれていると思うと、蒼の胸には一気に甘酸っぱい気持ちがあふれた。

「宗一さまは、そこでそうして息をしてくださっているだけで私の支えです。それに私、片付けはかなり得意なんですよ。手品団では、片付けは全部私の仕事だったんです」

蒼はまっさらな気持ちで言うが、宗一は少しばかり眉根を寄せる。

おそらくは蒼の過去に思いをはせたのかもしれない。

宗一と出会う前の蒼の境遇は悲惨だった。

蒼自身は『そんなこともあったなあ』と流してしまうのだが、当時の蒼は手品の出し物に出て、家事もほとんど押しつけられていたのだ。少しでも休む時間を確保するため、とにかく家事は手早くなった。

「……ご不快でしたか、宗一さま」

蒼が少し不安になって見上げると、宗一は蒼の後れ毛を直してくれる。

「不快なんじゃないよ。あなたが片付け上手なのも知っている。でもほら、今の君はすっかり浮かれているじゃないか。少々危ういよ、蒼」

「危うい、ですか？」

「ああ。資料用の拘束椅子を私に勧めるくらいだからね」

ふ、と笑顔に戻った宗一に言われ、蒼は真っ青になり、次に真っ赤になる。確かに、自分が宗一に勧めた椅子は、おどろおどろしい拘束ベルトのついたものだ。

「も、申し訳ございません……！　確かに私、浮かれていますね……！」

蒼はしどろもどろになったが、宗一は蒼を落ち着かせようと軽く腕を叩《たた》いた。そうして途方もなく優しい声を出す。

「謝らないで。顔を見せて」

「で、でも」

（うろたえきった今の私は、きっと、みっともない）

ためらいつつも、蒼が宗一の声に逆らうことは難しい。彼の声は、低くて、落ち着いていて、知的で。父のようでも、兄のようでも、教師のようでもあって。

気付くと、魔法にかかったように顔を上げてしまう。

互いの視線がからむと、宗一は囁《ささや》いた。

「ほら。浮かれたあなたは、大層可愛《かわい》い」

「…………っ…………！」

今度こそ完全に真っ赤になった蒼は、くるりと身を翻して本の山に向き合った。

「ほ、埃を……なるべく立てないように、頑張りますので！　宗一さまは、窓辺の書棚を探していただけますでしょうか……？」

「なるほど。窓辺なら空気がいいから、多少の埃っぽさは目をつぶれそうだね。あなたの指示に従うよ、蒼」

宗一は楽しそうに言い、窓辺の書棚に向かって行く。

蒼がそうっと振り向くと、宗一が窓を開けたところだった。ひんやりとした風が吹きこんで、窓の外の紅葉がざらざらと揺れる。

(紅葉が、血のように赤い)

赤黒く色づいた紅葉を背景に立つ宗一を眺めて、蒼は季節の移り変わりを思う。

百日紅《さるすべり》の記憶も生々しい夏が終わり、木々が色づく季節が来た。

蒼と宗一が夫婦となって、季節がひとめぐりした、ということだ。

二人の日常は、相変わらずと言えば相変わらずだ。蒼は来年の試験に向けて勉学に励み、家では宗一の看病をする。宗一は医学校の独逸語《ドイツご》教師として、また、蒼の夫として蒼を支え、城ヶ崎家の事業を監督する。

忙しくも、穏やかな日常。

とはいえ、蒼の記憶が戻ったことで変化もあった。

医師たちが大慌てで蒼に支援を申し出たり、今まで気づけなかったことに謝罪したり、両親のことを教えてくれるようになったのだ。

蒼の通う医学校の院長も、わざわざ蒼と宗一を呼び出して話をしてくれた。

『海鳴のご夫婦は名医同士の結婚だった。奥さまは海外留学して、日本最初期の女医となった方だ。海鳴誠司先生の著書が資料室にあるから探してごらん。幻術のように治すという噂《うわさ》の先生だったが、実際には猛烈に目がよくて器用だったのだろう』

（お父さまもお母さまも、医師として人望があった方なのだわ。そんなふたりの血を引いた私が、また医師を目指せる――）

嬉しい。誇らしい。

そう思うのと同時に、心のどこかに、一本の針みたいな痛みが残る。

医者としての腕も素晴らしく、人望もあった両親が、どうしてあんな殺され方をしたのか。戻ってきた記憶を振り返れば、家が火事になる前に両親は殺されていた。

いったい、なぜ……。

「蒼」

「は、はいっ！」

背後から声をかけられ、蒼は我に返った。

「どうされました、宗一さま？」

心配させないように笑顔を作って振り返ると、宗一は書棚の本を片手に蒼をじっと見つめている。

「大丈夫かい？」

宗一は短く問うた。彼の目は自分の感情を少しも見せないまま、すうっと心の奥までを見抜いてくるような、鋭いところがある。

蒼は笑顔のまま、その視線から逃げるように書棚に向き合った。

「もちろんです。こんなことで疲れる蒼ではありません。書棚の下のほうは全て見てしまいましたから、あとは上のほうを見ますね」

そう言うと、脚立を立ててためらいなく上っていく。

目の前の書棚は天井に届くほどの高さで、上段に行けば行くほど滅多に読まれないであろう資料が詰まっていた。

（雑念は排して、とにかくお父さまの本を見つけることに集中しよう）

心に決めて書棚を見つめると、蒼の視界は徐々に鮮明になってくる。

この感覚は、患者を目の前にしたときの感覚とよく似ていた。あらゆるものの色と輪郭が鮮やかになり、匂いは強く、音も大きくなっていく。すべての情報が増幅されて蒼めがけて押し寄せてきて、患者の症状を教えてくれる。

蒼の持つ力。『サトリの目』だ。

あやかしだ、不気味だと虐げられていたこの力を、宗一が認めてくれた。その力を自分のために、ひとのために使って生きろと導いてくれた。

だから今の蒼はこの力が怖くない。

ずらりと並んだ本からぱりぱりと音を立てて情報が剝がれて、蒼のほうに飛んでくるような気がする。背表紙に書かれた文字、本の黄ばみ具合、皺《しわ》の入り具合、並び方。

ほどなく一冊の本が光り輝いて見え、蒼は身を乗り出した。

逸《はや》る気持ちを抑えつけ、慎重に書棚から引き抜く。

背表紙には何も書いていない、和綴《わと》じの本。

その表紙には、確かに、『海鳴誠司』の名が輝いていた。

「宗一さま！　ありました！」

歓声に近い声をあげ、蒼は体をひねる。

その拍子に、ぐらり、と、脚立が揺れた。

（いけない）

はっ、としたときには、もう体勢を立て直すことは不可能だった。

脚立ごと、倒れる。できるのは、頭をかばうくらい。

そう思った、直後。

ふわり、と異国の匂いが彼女を包む。

「………？」

何が起こったのか、とっさにわからない。

わずかに遅れて、脚立がけたたましい音を立てて床に倒れた。そして蒼は、宗一の腕に抱かれている。宗一が駆けつけて、抱き留めてくれたのだ――と気付いたのは、数秒の沈黙の後だった。

「宗一さま……も、申し訳ございません……！　私の不注意で！」

蒼は慌てて謝罪するが、宗一は平然としたものだ。異国の姫君にするように蒼を抱いたまま、のんびりと言う。

「いいよ。浮ついたまま飛んでいかずに、わたしに捕まえられてくれたから」

「さすがに羽はございませんので……。そ、その、助けていただいたうえに大変申し訳ないのですが、できましたら、床に下ろしていただけると……」

「いずれは下ろすけれど、せっかく捕まえたものだから、堪能《たんのう》したいと思ってね」

「堪能……！」

蒼は宗一の腕の中でガチガチになってしまった。

こんな至近距離で顔を見られるのには慣れていないし、抱き上げられるのにももちろん慣れていないし、何より、大好きな宗一の顔が目の前にあると、視界がきらきらしてしまっていたたまれない。

宗一はそんな蒼に小さく笑い、存外すぐに床へ下ろしてくれた。

「冗談だよ。君の大事な本は無事かい？」

「本……はい、おかげさまで」

気付けば、蒼は全身で守るようにして父の本を抱いていた。ゆっくりと腕をほどいていくと、青い表紙にくっきりと書かれた題名『【うたかた病】ニ関スル医療ノ記録』があらわになった。出版社から広く読者に向けて出版された本というよりは、病院や研究機関にのみ配られた医療録という雰囲気だ。

（なんだか、不思議な本だわ）

青い表紙と、うたかたと、海鳴、という名字。全てが重なって、本のほうから、ざざん……と、波音が響いてくるような気分になる。

宗一も本をのぞきこみ、口の中で「うたかた」とつぶやいた。

うたかた病とは一体どんな病なのだろうか。

今すぐ頁《ページ》を開いてみたい気持ちと、淡いためらいが、蒼の中でせめぎ合う。

（これを開けば、きっとお父さまのことが少しはわかるはず。でも、帰らないひとのことを知るのは、少し、怖い）

今どれだけ父のことを知っても、彼が帰ってくるわけではない。知れば知るほど、未練に思ってしまわないだろうか。

今さら不安に襲われる蒼の肩を、宗一がそっと叩いた。

「蒼。あとは屋敷《やしき》に帰ってからでどうだろう」

「宗一さま」

答えようと顔を上げると、宗一の顔色はわずかに青ざめている。

蒼は、がらりと真剣な面持ちになり、自分の首の周りを探った。無心のうちに聴診器を探したのだが、授業後の今、聴診器は鞄《かばん》の中にある。

ならば、と感覚を鋭くして、蒼は目の前のひとの体調を見つめた。

(呼吸が浅く、顔色が悪い。心臓に負担がかかっている。今までも長く外出するとこのようになったことはあったけれど、この時間でここまでなるのは珍しい。おそらくは過度の緊張にさらされたせい――)

「すぐにお屋敷に帰りましょう。ご体調が優れませんね……さしでがましいことを申しますが、昔のお仕事関係で、何かございましたか?」

「急な質問だね。サトリの目に、何か見えたのかい?」

宗一は冗談めかして問うが、その声はいつもの艶を失している。

蒼は悲しく眉根を寄せて、彼の体を支えるようにして資料室を出た。

「すべて見えていれば、言葉でお聞きすることはございません。何か、ひどい緊張をなさったように見えたので、不躾《ぶしつけ》とは思いつつ聞いてみたのです」

「なるほど、緊張。緊張ね。まあ、心当たりはないでもないが」

宗一は抵抗せずに蒼に頼り、のんびりと喋《しゃべ》りながら医学校の廊下を歩いて行く。

資料室のかび臭さが遠くなると、代わりに宗一の匂いが強く感じられた。異国の品のいい香水の向こうに香るのは、淡いけれどけして消えない、死の匂い。

嗅ぐたびに心はざわめくが、蒼はぐっと気を取り直した。

「そうですか……。でも、大丈夫です。どんな理由で体調を崩されているにせよ、すぐにお屋敷にお連れいたしますから」

「わたしの奥さんは勇ましいな。緊張の理由は、聞かなくていいのかい？」

冗談めかして聞いてくる宗一に、蒼は小さくうなずく。

「はい。お仕事のことは私が口を出すようなことではございません。私はただひたすらに、あなたの命を守ります。それで、よいのです」

「なるほど。つまり、君の目は、君自身よりも、わたしのことがわかっているんだな」

「私の目が、私自身より……？」

それは一体、どういう意味なのだろう。

蒼の頭は疑問符でいっぱいになったが、見上げた宗一はいつも通りの、きれいで青ざめた横顔をさらしていた。何をどう問うたらいいのかわからず、蒼は口をつぐむ。


結婚して一年。

二人はお互いのことがわかったようでいて、実は、まだまだわかっていない。

◇

「……！　寝坊した……？」

翌日の朝、蒼は宗一に与えられた小部屋で目覚めた。

いつの間にか寝入ってしまったため、今が何時かもよくわからない。

慌てて見上げると、本棚の間にかけた小さな鳩時計《はとどけい》は、五時過ぎを指していた。

（なんだ、寝坊どころか、早すぎるんだわ）

ほっと胸をなで下ろし、蒼は肩からずり落ちかけた毛布をかき寄せる。

この小部屋は裏の部屋の暖炉の熱で暖まるようにできているが、それでもこの時期の明け方は冷えこんだ。本当は寝室に戻って寝ようと思っていたのだが、ついつい夜更かしをしてしまったのである。

原因は、目の前の円卓にあった。

（お父さまの本。浮かれてしまって、あまり読めなかった）

昨日は、家に帰るなり宗一の看護をし、夜が更けてからこの小部屋にこもったのだった。

眠い目をこすりながら、円卓に置かれた青い本を開いては閉じ、数行読んでは胸が一杯になってしまって……と、そんなことを繰り返していたのだ。

『本が気になるなら、わたしの枕元で読めばいいじゃないか』

優しい宗一はそう言ってくれたが、読書のための明かりがあっては宗一の眠りの邪魔になる。

そもそも宗一の傍らにいるときは、なるべく宗一から目を離したくない蒼なのだ。

『お父さまとの久しぶりの再会のようなものですから、ひとりのときにこっそりと読ませていただきます』

などと言うと、宗一も

『密会か。お父上相手に嫉妬はできないな』

と、小さく笑ってくれた。

機嫌のいい宗一のことを思い出すと、蒼の顔も自然に微笑んでしまう。

（よし、本の続きは、また今晩にでも。宗一さまの様子を見に行きましょう）

昨晩の宗一は大分回復していた。今朝もそう心配はないように思う。

それでも、せっかく早朝に起きたのだ。朝一番の体調を確認したかった。

真っ暗に近い廊下を渡って居間をのぞきこむと、鮮やかな赤と緑が視界に飛びこんでくる。障子が開け放たれ、朝露に濡《ぬ》れた庭が一幅の絵のように浮かび上がっているのだ。

「きれい」

蒼はきりりとした朝の大気を吸って、ほう、と息を吐く。

その背後から、淡々とした声がかかった。

「おはようございます、奥さま」

はっとして振り返れば、体にぴったりあった洋装の執事、榊《さかき》が影のようにたたずんでいた。たくましい体と冷たいくらいの切れ長の目、半分白くなった髪という、いささか目立つ風貌の彼だが、不思議なくらい気配を消すのが上手《うま》い。

蒼は頭を下げて挨拶をしたのち、少し微笑んだ。

「おはようございます、榊さん。今日はひときわ気配がございませんね」

「驚かせてしまいましたでしょうか？　もしご要望あらば、鈴でもつけて歩きますが」

榊は、つんと澄ましてそんなことを言う。

こんな迫力のある殿方にこんな言われ方をしたら、世間の奥さまたちはおびえるか、怒るか、いっそ惚《ほ》れこんでしまうのではないだろうか。

蒼はどれとも違い、ただただ微笑ましい気分で榊の姿を見つめた。

「驚いてはおりません。榊さんは宗一さまのご命令がなければ、私に害を為《な》すことはありませんでしょう？　それにあなたの気配がないのは、あなたが健康な証拠です」

「なるほど。つまり、ひょっとすると、先ほどの『ひときわ気配がございませんね』という発言は、『今日も元気そうですね』というご挨拶のおつもりですか？」

「はい、そのとおりです。……最初から、そう言ったほうがよいでしょうか」

蒼は、はっとして問いかける。

榊は少々難しい顔になり、小さな咳払《せきばら》いをして答えた。

「いえ、その必要はございません。今、奥さまのご意向を確認できましたので、これからは気配がないと言われたら、光栄と思うことにいたします。お座りください、奥さま」

丁寧に椅子を引かれ、蒼は洋風の黒檀《こくたん》製テーブルに西洋食器が用意されているのに気付いた。しかも、一人分だ。

「この準備は一体……？　朝ごはんならば、宗一さまとふたりでいただきますが」

「その宗一さまから、昨晩ご命令を頂いておりまして。『昨晩は蒼に手をかけさせた。きっと夜更かしして疲れているだろうから、起きてきたらひとりでのんびりさせるように。お茶でもココアでも、好みのものを出して』とのことです」

「宗一さまが、そんなことを？」

蒼はびっくりしてまばたきをした。

榊は目を伏せ、慇懃《いんぎん》に頭を下げて見せた。

「はい。わたしは宗一さまのご命令に従います。なんなりとお申し付けください。――お好みがなければ、宗一さまがお好きな珈琲《コーヒー》に、干し柿と自家製チーズをあわせたものをお出ししましょう。朝食前にはちょうどいいお茶請けですよ」

「珈琲に干し柿に、自家製チーズ、ですか？」

さっぱり味の想像がつかないメニューだが、城ケ崎邸で出るものに不味《まず》いものはない。きっと今のメニューも、帝国ホテルで出てもおかしくない一品なのではなかろうか。

問題は、蒼が朝からそんなものを食べてのんびりできる性格かどうか、である。

蒼はおそるおそる切り出した。

「あの、ありがたくはあるのですが」

「ご趣味にあわないならば、イチジクのジャムと酸味のある黒パン、もしくはこの辺りの農家で採れた野菜のゼリー寄せ、もしくは……」

このままでは無限にメニューが出てきてしまう。

断れないと察して、蒼は叫んだ。

「干し柿でお願いします！」

「少々お待ちを」

榊が深くお辞儀をして去って行ったので、蒼はようやく一息ついた。

彼はほどなく戻ってきて、蒼の前に茶菓子の皿と珈琲茶碗を置いた。

金の縁取りをした翡翠《ひすい》色の皿に載った干し柿は、こっくりとした琥珀《こはく》色だ。干し柿自体は大衆的なおやつだけれど、こうして綺麗《きれい》にタネを除いて切り分けられ、雪のようなチーズをもろりと載せられたさまは高貴そのものだった。

(私、こんな時間からお茶なんて、いいのかしら。看護以外にだって、城ヶ崎家にはやることがたくさんあるのに)

惑いつつ珈琲をおそるおそる口に含めば、苦みの奥からふわりと華やかな香りが立ち上ってくる。飲み慣れない液体は少々刺激的だが、警戒していたほど尖《とが》った味ではない。

そこへ銀色のフォークで引っかけた柿とチーズを放りこむと、まったりとした甘さとチーズの脂が珈琲の香りと一体になり、目が覚めるような美味である。

蒼は軽く目を瞠《みは》り、榊を見上げた。

「榊さん。美味《おい》しいです」

「そうでしょうとも」

榊は大真面目にうなずいたあとに、ほんのかすかに微笑む。

「旦那さまも、喜びますよ」

(宗一さんも)

その言葉がやけに染み入って、蒼はなんだか胸の奥がぎゅうっとなった。

宗一は、なんでこんなに蒼に優しくしてくれるのだろう。

答えはきっと、宗一が優しいから、に尽きるのだ。

それでも『なんで』と問うてみたくなるのは、宗一のやり方があまりに大人だからなのかもしれない。宗一は、ただ『休め』と言うだけではなくて、蒼の行動を予測して心地よい場を用意してくれる。そのうえ、普段はできないような特別な体験までさせてくれる。

相手を思う気持ちは、蒼だって負けていないと思う。それなのに、気付けば一方的に宗一の気遣いを受け取るばかりになってしまう……。

(せめて私も、何か、お返しをしたい)

そう結論した蒼は、珈琲茶碗を置いて振り返り、背後の榊に声をかけた。

「榊さん。ひとつ、教えてくださいませんか」

「なんなりとお申し付けください、奥さま」

慇懃に頭を下げる榊に、蒼は真剣そのものの顔で告げる。

「男性の喜ぶことというのは、一体どんなことでしょう？」

「男性の喜ぶこと、ですか？」

「はい。榊さんくらいのお歳《とし》の、経験豊かな男性が喜ぶことです」

「それは……」

榊は珍しく言いよどみ、視線を宙に彷徨《さまよ》わせた。

しばしの沈黙ののち、榊も真剣そのものの顔になって蒼を見つめる。

「どういった理由で、お知りになりたいのでしょう？」

「私、ここへ来てから宗一さまにしてもらってばかりなので……何か、お返しをしたいのです。とはいえ普段仕入れる知識は医学の知識ばかりですし、大人の男性が何に喜ぶかが、さっぱりわかりません」

「ああ、なるほど、そういうことでしたか」

榊は安堵《あんど》の息を吐き、白い手袋をした指で自分の眉間を揉《も》んだのち、どこか教師のような口調になって蒼に告げた。

「……まず、奥さまは、旦那さまは欲しいと思えばこの世のすべてを手にできる方と思っておられませんか？　実は、そんなことはまったくございません」

「そうなのですか？」

意外な話に、蒼は俄然《がぜん》身を乗り出す。

榊は深くうなずいた。

「はい。あの方は実のお母さま以外の家族の愛を知りません。人の心や家族の温かみは、金では買えないものでございます。奥さまは唯一、旦那さまがご自身で選ばれたご家族。必ずや、唯一無二のお返しができるのではないかと」

唯一無二の、と言われれば、蒼の心は震え上がった。

おびえたのとも少し違う、不思議な感覚だった。胸の奥がわずかに温かく、緊張の中にも誇らしさのようなものが広がっていく。武者震いのようなものなのだろうか。

蒼は、ぎゅっと拳を握って答える。

「頑張ります……！　それで、具体的には？」

「具体的には、そうですね」

榊は数秒考えたのち、指を一本立てた。

「誕生日のお祝いは、いかがですか？」

「誕生日。生まれた日を、お祝いするのですか」

蒼は思わず、オウム返しに聞き返してしまった。

何しろ江戸時代までは、人の歳の数え方は『数え年』であり、生まれた日がいつであれ、一年の間に生まれた子どもは、次の一年が始まる元日に歳を取るものだったのだ。生まれの祝いは正月祝いと一緒くた。時代が明治になっても一般的には数え年のほうが普及しているから、誕生日祝いというものそのものが聞き慣れない。

しかし、榊は迷いなくうなずいた。

「そうなりますね。西洋ではひとりひとりが生まれた日のほうが大きな意味を持ち、誕生日ごとに守護聖人といって、氏神のような存在が決まったりもします。ゆえに、毎年誕生日になるとごちそうを食べてお祝いをしたりするのです。そして……宗一さまは三週間後に誕生日を迎えます」

蒼はようやくすべてを理解したつもりになって、黒い瞳をきらりと輝かせる。

「わかりました！　宗一さまは、西洋暮らしが長かった。西洋にいらしたときには簡単に『誕生日祝い』を手にできたけれど、日本では滅多に手に入れられない……それを、私が用意するわけですね」

「奥さまは、察しがよくて何よりでございます」

あくまで慇懃に答える榊も、どこか楽しそうだ。

（宗一さまのお祝いを、家族である私がする。私にだけできることを、宗一さまのために、私の力で）

その考えは蒼の中できらきらと輝き、蒼は花ほころぶように笑う。

「ありがとうございます、榊さん。私、やります、御誕生日祝い！　今日は学校もお休みですし、頑張ってみます！」

蒼の笑顔に、さしもの榊も思うところがあったらしい。わざとらしい咳払いをして、ふらりと視線を逃したのだった。

◇

それからというもの、蒼は家を留守にすることが増え、学校の帰りも遅くなった。

もちろん宗一の体調には万全の気配りをし、家中のものに申し送りをした上で、だ。

彼女のうきうきした様子に、使用人たちは「奥さまがお元気そうで何よりだな」「普段は根を詰めすぎだものねえ」などとにこにこ言葉を交わしたが、宗一本人は複雑な心境だった。

蒼が外出するようになって、二度目の休日。

宗一は、思いのほか暇を持て余している。

「――それで？　蒼は、まだ帰らないのかい？」

「はい。お出かけになって、一時間も経《た》ちませんので」

榊にきっぱりと言われてしまい、宗一は傍らのハヤテと顔を見合わせる。自然木を使った止まり木の上で、鷹のハヤテは不思議そうに宗一を見つめた。その瞳には、なんとも言えない曖昧な表情をした宗一が映っている。

「そうか。それは、わたしのほうが様子がおかしいな」

「さようでございますね。先ほどからずいぶんとそわそわしていらっしゃる」

「そわそわしたいわけじゃないんだが……」

口の中でつぶやき、宗一は視線を中空に泳がせた。

宗一がいるのは、屋敷の美しい喫煙室だ。六角形の喫煙室は五枚のガラス窓に囲まれ、窓の外では、手入れされた和式庭園がしとしとと雨に濡れている。

パーティーのときなどは談話室として使われるここが、宗一は好きだった。ガラス一枚隔てた向こうの庭はコレクションケースに入った宝物のように美しいし、自分が鳥籠の中に閉じこめられたような気分になるのも悪くない。

ところが今日に限っては、どうにもこうにも落ち着かなかった。

長い指で自分のこめかみを押さえつつ、宗一は榊に訊《たず》ねる。

「蒼が居なかったころ、わたしは何をして時間を過ごしていたんだったかな」

「まず、今より寝台におられることが多かったですね」

「まあ、無理をして起きる理由もなかったしな」

「ですね。今は、蒼さまが体調を見に来られる前に起きて、最低限の身支度をなさるではないですか。蒼さまのために非常勤講師も始めましたし、可能なときは蒼さまの送り迎えもなさいますし」

「ああ……それは、そうだ」

改めて考えてみると、自分がこまめに起きるようになったのは、一から十まで蒼のおかげなのだった。わかっていたつもりだったが、ひとに言われると現実が生々しく目の前にぶら下げられる。

難しい顔で顎を撫《な》でる宗一に、榊はさらにたたみかけた。

「ご結婚前は、たまに起きても本を読んで内容に文句をおつけになったり、着る予定のない紳士服を作って箪笥《たんす》のこやしになさったり、過ぎた量の洋酒を嗜《たしな》まれたり、ハヤテの訓練をして感じの悪い客を追わせてみたり……」

「わかった、わかった。もういいよ、榊」

さすがに我慢できずに、宗一は榊の言葉を遮る。

「失礼いたしました」

榊は慇懃に一礼して口を閉じ、しれっと姿勢を正した。

宗一はそんな榊をちらと見上げて、問いを投げる。

「お前は、わたしが結婚してよかったと思うか？」

「はい」

「即答だな」

少々むずがゆいような気持ちで宗一が言うと、榊の口元はわずかに緩んだ。

「それはもう。大陸にいたころは、こんな日々が来るとは思いもしませんでしたので」

大陸、という単語がこぼれると、榊の雰囲気は少しだけ崩れる。完璧に上品な執事から、どことなく粗野なものがはみ出てくるのだ。

宗一は、彼のそんな粗野を、目を細めて見つめた。

「そうだな。あの頃はお前も、ずいぶんと殺伐とした目をしていた」

「…………はい」

「含みがあるな」

榊が置いた不自然な沈黙を、宗一がからかうように指摘する。

すると榊は、声を出して小さく笑う。まったく執事らしくない笑いを浮かべたまま、榊は宗一に告げた。

「当時、旦那さまは『部下には亡霊しか要らない』と言って、わたしを選びました。当時のあなたは、わたしの何倍も殺伐とした目をしていましたよ」

まるで大昔みたいな言いように、宗一の意識もふっと昔に引きずられていく。

蒼と再会する前、宗一は長いこと諸外国を飛び回っていた。

最初は実家から逃げるように留学に行ったのだ。母を奪われたうえに若き当主としての無理難題を押しつけられ、正直うんざりしていた。

留学先で、宗一は大層人気があった。物覚えがよく頭の回転が早い宗一は現地の友人にも事欠かず、優れた容姿と華やかな肩書きは現地の社交界でも、在外日本人の世界でも歓迎された。ぱっと広がった交友関係の中で宗一が深入りしていったのは、少々危険な関係ばかりだった。

たとえば現地のマフィアの息子と仲良くなったり、日本人たちの地下カジノで遊んだり。

実家への反発から火遊びを好んだ宗一に、日本政府から諜報《ちょうほう》員の勧誘が来るのはすぐだった。

『君の容姿と、人脈と、頭脳と、行動力と、虚《うつ》ろな魂が、国のために必要なのだ』

はっきりとそう言われて、宗一は惹《ひ》かれた。

本当にこの虚ろな魂を役に立てられるのなら、やってみようではないか。

挑むような気持ちで、嘘《うそ》と暴力の世界に足を踏み入れた。

「……当時は気取った言い方をした。単に、すぐに死なない部下が欲しかったんだ。お坊ちゃんたちは真面目だが、辛抱が効かない。お前は優秀だったよ」

宗一は、当時のような、いかにも好青年めいた作り笑いを浮かべて言う。

榊は逆に、当時みたいな失笑を浮かべて返す。

「わたしは育ちが悪かったですから。あなたはお坊ちゃんのくせに、くそ度胸がありました」

「くそ度胸がありすぎるから、死にはしないが体は壊した」

宗一は喉の奥で小さく笑い、そのまま咳《せ》きこむ。榊は丸まった宗一の背中を撫でて、クリスタルの水差しから水を汲《く》んで手渡した。

蒼がこの屋敷に来るまで、宗一の看病は榊の仕事だった。

宗一が上海《しゃんはい》で発病してから、ずっと共にいるのは榊だけだったし、当時から今に至るまで、宗一の細やかな機嫌を読み取れるのも榊だけだったからだ。

(思えばずいぶんと、偏屈な人生を歩んでいたんだな)

宗一は今さらながら、そんなことを思う。顔や能力のせいでちやほやしてくれる人間はいたが、自分は彼らに充分な見返りを与えられただろうか。彼ら、彼女らの人生を、いっとき一方的にかき回しただけだったのではないだろうか。

榊もそうだ。身寄りが無いから傍《そば》に居る、と本人が言うからここまで付き合ってもらってしまっているが、本当にそれでいいのだろうか。

死にゆく自分に付き合う他にも、彼には有意義な人生があるはずだ。

「治りますよ」

不意に榊がそんなことを言ったので、宗一は思わず顔を上げた。

見れば、榊は珍しく柔和な顔をしている。殺伐とした生まれ育ちで、宗一の歴代の部下の中でももっとも凶暴だった男にはふさわしくない顔だ。

宗一は、ためしにからかうような声を出す。

「ここまで治らなかったのに？」

「奥さまがいらっしゃいますから」

榊は迷わず答えた。

宗一は何かを言おうとして、しばし言葉を失う。

榊がこんなにも柔和な顔をしているのは、蒼のことを考えていたからなのか。

蒼。彼女のことを思い出すと、宗一の視界には鮮やかに色がつく。

ガラス越しに広がる灰色の庭が、一気にあの日の赤に染め上げられる。

『宗一さま』

蒼が透き通った目で宗一を見つめ、手を伸べる。

その目に映る宗一には、汚いところがひとつもない。穏やかで、知的で、いつでも蒼を教え導く存在だ。そして、どこか寂しくたたずむ孤独な少年だ。

蒼に見つめられるたび、宗一は汚い自分を忘れかける。

もう一度、やり直せる気がする。

蒼の手を握って、穢《けが》れた自分を脱ぎ捨てて、あの、美しい世界に踏み出していく。美しく色づいた世界では、当たり前のことがすべて悦《よろこ》びに満ちている。虚無を嚙《か》むようだった食物は味を取り戻し、存在を無視していた花は甘い香りを放ち、なくしたはずの心が存在を主張し始める。

宗一は自然と自分が微笑んでいるのに気付き、つぶやいた。

「……そうだな。治らなかったとしても、蒼がいる余生は、きっと楽しい」

「ええ」

榊の返事は短いが、確信に満ちている。

ハヤテがじっと主たる宗一を見つめ、楽しげに喉の奥で鳴き声をあげた。宗一はそんなハヤテを腕に乗せ、額をこすってやりながら考える。

(これだけ世話になっているのだから、たまの休日くらい好きに遊んできてもらわなくてはいけないな。蒼はまだ若い。女友達やら、男友達やらも大切だ。……いや、男友達は、どうだろう。平然と許していいものか。そもそも、平然と許せるのか？)

会話をするくらいはもちろん問題ない。手を繋《つな》ぐのはもってのほかだとして、文を交わすのはどうだ。

宗一がそんなことをそわそわ考えていると、喫煙室の扉が叩かれた。

顔を出したのは、蒼が雇い入れた使用人の少年、ハチクマだ。

「失礼します、旦那」

榊がすばやくハチクマに歩み寄り、伝言を受け取って宗一のもとへ戻ってくる。

「旦那さま、百貨店の外商が来ております」

「帰せ」

宗一は反射的に答えた。

外商とは、百貨店がお得意さまのために行っている訪問販売である。病床にある宗一のことを見越して、百貨店が高級品を売りに来るのはいつものことだ。が、宗一は基本的に、欲しいものは欲しいときに自ら買い付けに行きたい。

榊もそんなことは重々承知のはずだが、と見上げると、彼は続けた。

「今回は、ご婦人用のものもそろえているそうですよ」

「婦人用？」

「もちろん、奥さま用に」

当たり前のように言われてみれば、百貨店が宗一の結婚について知らないわけはない。

（蒼のため、か）

そう思った途端、宗一の心はわずかに華やいだ。

今まで質素な生活を送ってきた蒼だから、昔から持っているものは何もない。何が今の生活に必要なのかも、あまりよくわかっていない。

そんな蒼に、ひとつひとつ上等な品を与えるのは、心底楽しい。

手品団の衣装は蒼をけばけばしく飾り立てるばかりだったが、蒼に本当に似合うのは品のいい品々だ。すらりとした長身はどんな素材にも負けずに着こなすし、聡明《そうめい》な顔立ちと瞳は、職人技の生み出す澄んだ色にこそ映える。

（そうか。蒼がいない間、わたしは蒼に捧《ささ》げるものを選べばいいのだ）

宗一はふと、気付いた。

贈り物を選ぶ時間は、贈る相手のことを心から思う時間だ。

それは体が離れているからこそ味わえる、濃密な蒼との時間に違いなかった。

宗一は小さく咳払いをし、榊に答える。

「……見よう」

「それがよろしいかと」

榊は何もかも知っていたかのように一礼し、ただちに喫煙室を百貨店の別室にする準備を始めた。

◇

宗一が蒼の不在に寂しさを覚えているころ、蒼は彼の誕生日祝いのため奔走していた。

西洋の誕生日について調べ、自分ができることは一体何か模索していたのだ。

そして最終的に、誕生日の前日。

蒼は美花《みか》の家にたどり着いたのだった。

美花は宗一の従姉妹《いとこ》にあたる少女だ。結婚当時は蒼に厳しく当たっていたのだが、今は大分様子が違う。

「宗一兄さまのためにケーキをご用意なさる、とのことですけれど。私のところにいらっしゃらなくとも、他に方法はあったのじゃなくて？」

ぴかぴかに磨き上げられた台所に立つ美花は、いかにも高慢そうに、つんと上を向いている。が、その格好はきれいな椿《つばき》の小紋に、フリルたっぷりの西洋風エプロンという、明らかに気合いの入ったものだ。

蒼はいつもの着物に袴《はかま》姿で、びっくりしたように首を振る。

「いえ、適任は美花さんしかいらっしゃいません！　城ヶ崎家の方々はケーキの焼き方はご存じないそうですし、お願いできるお料理屋さんもありませんし。美花さんはこんな私にとっても優しくしてくださいますし、いつも流行に敏感ですし……」

「あら、そんな。褒めすぎじゃありません？」

美花はなおもつんつんしようとするが、蒼の純粋な褒め言葉に口元は緩んでいた。

そのことに蒼だけは気づけず、ひたすらに言葉を重ねる。

「褒めているというか、本心からそう思っているのです。美花さんはいつも私に最新の婦人雑誌を送ってくださるでしょう？　美花さんが栞《しおり》を挟んでくださるところ、毎回とても趣味がよくて、うっとりと眺めているんです」

「ふーん、そう？」

「今日の美花さんの髪型も、先月号の雑誌に載っていたものですね。ぱっと見たときは自信がなかったんです。あのときの挿絵の少女よりも、今の美花さんのほうがお美しいから、本当に同じものかしら？　と思っておりました」

「あらあら。あら……」

美花は段々と真っ赤になって、まともに返事ができなくなってしまう。

蒼と宗一の結婚から一年。てらいも屈託もない蒼の態度は、いつしか美花の心をほどいてしまったようだ。

真っ赤になった美花が黙りこんでしまったので、蒼は背後を振り向いた。

「医学校では解剖は上手くなりますが流行は学べませんし、是非とも助けていただきたいのです。……ですよね？　千夜子《ちよこ》さん」

「ですよね？　と言われても困るわね。私は蒼さんのリッターだもの」

むっとした顔で告げたのは、蒼の医学校の友達で共に女医を目指す盟友、千夜子だ。

千夜子の台詞《せりふ》を聞いて、蒼は宙を眺める。

「リッター。独逸語の、騎士？　でしょうか？」

「そう。蒼さんのことだから、城ヶ崎家のご親戚相手には萎縮してしまって、余計なことで謝ったりしてしまいそうだと思って。護衛のために来たの」

千夜子は堂々と言い放ち、両手を腰に当てた。

それを見た美花は少々むっとしたのだろう、自分も腰に手を当てて前に出る。

「なんですの？　私が、蒼姉さまに不遜な態度を取るとでも？」

「少なくとも、蒼さんのお友達の私には、不遜な態度を取っていらっしゃるようですが？」

「まあまあ、だとしたら申し訳ございませんでしたわ。千夜子さんがあまりにもお人形めいてお可愛らしいから、私も子どもっぽい態度になってしまったのかも！」

「あらあら、すべて私のせいということかしら？」

「少なくとも、煽《あお》られている自覚はありますわ？」

売り言葉に買い言葉。自尊心の高いお嬢さま同士反発し合うところがあるのか、美花と千夜子は互いに胸を張ってにらみ合いを始めてしまった。

（なんでこんなことに……？）

蒼はぽかんとしてそれを見つめていたが、我に返って割って入る。

「おふたりとも、待ってください！　美花さんはちょっと不遜なところも可愛いですし、千夜子さんはお人形みたいなところも、大変可愛いです！」

蒼が力一杯言うと、美花と千夜子は、ぽんっと真っ赤になった。

美花はすぐには言葉を継げず、千夜子が必死に蒼に説教を始める。

「あ、蒼さん、私たち、そういう話はしていないの……！」

「そうですか？　でも、おふたりとも可愛いのは本当のことですし、私、とても頼りにしているんです」

　蒼は言い、片手ずつふたりの手を取った。ふたりは驚いて身を引こうとしたけれど、そうこうしているうちに蒼の目が透き通る。

　サトリの目が開いた瞬間、蒼の姿はどこか神秘的な美しさをまとうものだから、美花と千夜子はついつい彼女の姿に見入ってしまった。

　その間に、蒼はふたりに向かって控えめに微笑みかけて続ける。

「千夜子さんは、昨晩夜更かしをされたんでしょう？　手に鉛筆の粉が残っていらっしゃいますし、目も少し赤いです。今日一日私の予定に付き合ってくださるために、そのぶん昨日頑張ってくださった。ありがとうございます」

「そ、それは、まあ……」

　千夜子が口ごもると、蒼は今度は美花のほうを見る。

「美花さんは、今日この時間まで、たくさん試作をしてくださったんですね。よく見るとエプロンに粉がついていらっしゃいますし、ガスレンジ備え付けのオーブンも熱を持ったまま。換気をされたのでしょうけれど、まだ甘い匂いが漂っています。本当にありがとうございます」

「んもう。めざといんだから、蒼姉さまは」

美花も恥ずかしそうに口ごもり、蒼の手をきゅっと握り返してくる。

ふたりがおとなしくなったのを見届けて、蒼は告げた。

「おふたりの思いを無駄にしないためにも、私、ケーキを焼きます。頑張ります！」

「そう、ですわね。そのためにいらしてくださったわけですし……」

「時間ももったいないし、とにかく、始めましょうか」

もごもごとしているうちに諍《いさか》いは収まり、三人はケーキ作りにいそしむことになった。

まずはみんなして額を寄せ合い、婦人雑誌の料理記事を読みこむ。

「簡潔な手順ですね。材料も単純ですが……」

「泡立てるというのが案外難しかったですわ。どのくらいまで泡立てるべきなのか」

「泡立て足りないと、一体どうなるのかしら？　舌触りに関わるの？」

わちゃわちゃと議論しながら、慣れない作業を分担して進めていく。

慣れないとはいえ、美花は充分に予習済み、蒼と千夜子は生来手際のいいほうだったから、作業自体はこなせる。

ただし。

「なんで……？　ここまで完璧だったはずなのに、どうして膨らまないの……？」

できあがったスポンジケーキと雑誌の挿絵の差に、千夜子は愕然《がくぜん》として叫んだ。その差は倍、くらいだろうか。

美花は深いため息を吐いた。

「ここまで膨らまないと、きっと舌触りも悪いですわね。贈り物にするのは無理だわ」

ぺったりとした円い物体を見下ろし、蒼はおそるおそる包丁を手に取る。

「でしたら、原因究明をしなくては。舌触りも実際試してみたいですし、ひとまず切ってみてもいいでしょうか？　美花さん」

「すぐに切りたがるの、医学生さんという感じがしますわね。構いませんけれど」

美花の返事を受けて、蒼はスポンジケーキに包丁を入れた。

みしっとした感触が指に伝わり、それだけでもいかにも硬そうだ。断面があらわになると、蒼と千夜子は額を付き合わせて観察を始める。

その様子は確かに、解剖教室のときの所作そっくりだった。

「千夜子さん、ここ、見えますか？　断面にある白いもの……これは小麦粉のようです。となれば、やはり混ぜ不足。次はよく混ぜてやってみましょうか」

「混ぜるのはいいけれど、生地が均一になったからといって膨らむのかしら？　粉の配合を見直すのはどう？　ふくらし粉が少ない可能性は？」

「その可能性もあります。でしたら、まずはよく混ぜたものを今までの配合のままで焼いてみて、混ぜ具合を検証。その結果を見て、次に配合を調整し……」

蒼が千夜子と話しこんでいると、美花がため息交じりに切り出した。

「そんなことをしていたら、いくら粉があっても足りませんわよ。こうなったら、秘密兵器を出すしかないかもしれませんわね」

「秘密兵器？」

蒼が首をかしげると、美花はふいっと視線を逸《そ》らした。

「そのことは、あとで説明いたしますわ。長丁場になりそうですので、一度お茶でもいかがかしら？」

（どうやら、すぐに教えてくださるつもりはなさそう）

美花は、こうと決めるとかたくななところがある。

「では、お言葉に甘えさせてくださいね」

蒼は無駄に美花を刺激しないよう、微笑んで台所を出た。

◇

蒼が異常に気づいたのは、お茶を始めてほどなくしたころだ。

(台所が、騒がしい。これは一体……?)

蒼が紅茶茶碗片手に様子をうかがっていると、千夜子も同じことに気付いたのだろう。舶来ものの薄く硬いビスケットを自分の皿に戻し、鋭い視線を周囲に投げた。

「美花さん、席を外してから長いわね。ひとりでケーキ作りの準備でもしていらっしゃるのかと思っていたけど……さっきから、台所が騒がしい気もしない?」

「私も気になっておりました。準備を美花さんだけにお任せするのも申し訳ないですし……私、台所を見てきていいですか?」

「私も行くわ」

慌ただしく言葉を交わし、蒼と千夜子は席を立った。

蒼が美花の屋敷に来たのはほんの数回だが、造りは城ヶ崎家の屋敷とそう違いはない。記憶に従ってはしたないくらいの全力で台所へ向かうと、ひりつく緊張の気配と、ざわめきが近づいてきた。

「失礼いたします。何か、異常でも？」

蒼は遠慮無く引き戸を開け、台所を見渡す。

「あら、城ヶ崎の奥さま。すみません、この子がつまみ食いをしたせいで」

真っ青な女中が、こちらを見て言う。

彼女の横には、もうひとりの女中がうずくまっている。

若い女中だ。うつむいたうなじに汗が浮かび、たらり、たらりと襟足にこぼれ落ちていくのが見える。はあ、はあ、ぜえ、ぜえと息を吐きつつ、必死に我が身を抱いている。そして、おそろしく顔色が白い。

「顔色が悪いわね。食中毒？」

蒼に続いてやってきた千夜子も、女中の症状を見て顔色を変えた。

「つまみ食いだそうです。ですが……」

そこまで言って、蒼はどぷんと情報の波に呑《の》まれる。

目の前の女中の症状が、怒濤《どとう》のように蒼に向かって押し寄せてくるのがわかる。こうも背中を曲げているのは、腹痛というより胸が苦しい証拠だ。実際、彼女の呼吸は喘息《ぜんそく》寸前の荒さである。おそらくは血色の悪さもそこに繋がっている……。

蒼は目を見開き、はっきりと告げた。

「循環器症状と、呼吸器症状が出ています。胸がしめつけられるように苦しく、呼吸困難になっているはず。血圧も低下中です。食べたものが原因なら、まずは水を含ませて吐かせて！　そのあと気道確保、血圧保持の処置をいたします！」

蒼の診断に、千夜子がうなずいて動き出す。

「わかったわ！　水ね！」

蒼と千夜子のふたりは、すぐに最新式の流し台に飛びついた。病人の口の中をすっかりきれいにしたのち、さらに水を飲ませる。水に刺激され、女中は何度も嘔吐《おうと》を繰り返した。汚れ仕事に立ち向かうふたりに、周囲はおろおろとする。

「そんな、奥さま、私たちが……」

使用人たちが声をかけてくるが、蒼と千夜子はこんなことは慣れっこだ。

いつもの控えめな様子とはがらりと違った態度で蒼が叫ぶ。

「どんなお美しい方でも、腹の中が臭いのは当たり前です。お手すきでしたら、座布団を持ってきてください！」

「は、はいっ……！」

大慌てで使用人たちが座布団を持ってくる。

蒼と千夜子は彼らの力を借りて、病人を台所の隣の板の間に寝かせた。座布団を重ねたものに足をあげさせ、吐いたもので喉を詰まらせないように処置してじっと見守る。

その間、美花やら美花の家の者が何か話しかけてきたような気もするが、蒼はほとんど無視してしまった。視界に入るのは、女中の症状だけだ。

（これ以上の嘔吐はなさそうだし、顔色が戻ってきた。呼吸も、整ってきている）

蒼がそう思えたのは、どれだけの時間が経ったあとだろう。

一瞬のような気がしていたのだが、気付けば窓の外は暮れかけており、周囲は神妙な顔をした使用人たちで埋まっていた。

美花は、と思って見渡すが、彼女の姿は見当たらない。

「先生、この子は助かりますか？」

女中仲間が心配そうに声をかけてきたので、蒼の意識はいよいよ現世に戻ってきた。彼女の視線を受け止めてから、もう一度患者の様子を見つめる。

「……今の段階で明言はできませんが、落ち着いてきてはおります。私はもう少し様子を見ますので、千夜子さん。在澤《ありさわ》先生か、お父さまにご連絡をお願い出来ますか？」

「とうに呼びに行ってもらったわ。もうすぐお父さまが来てくださるはず」

千夜子が即答してくれたので、蒼はほっと微笑んだ。

「ありがとうございます。さすがは千夜子さん」

「同じ言葉を返したいところよ。こういうときの度胸で、あなたに勝てる日が来る気がしない。それにしても……これは食当たりの症状とは思えないわね」

千夜子の言葉に、蒼はうなずく。

彼女は改めて周囲を見渡した。美花の姿はなく、使用人たちばかりだ。本来ならば美花に直接問うのが順番だろうが、今は一刻も早く、目の前の女中に何があったのかを聞きたい。蒼はそのまま地べたに正座して、深く頭を下げた。

「皆さまに、お願いがございます」

「お、奥さま！　頭を上げてくださいまし」

「そうですよ、先生！　先生がいなきゃ、この子は今ごろ……」

慌てふためく使用人たち相手に、蒼は一息に告げた。

「私は先生ではございません。一介の医学生です。これ以上の処置はお約束できません。ですが、本物の先生方に正しく引き継ぐためにも、原因が知りたいのです。皆さま、彼女が何をどのように食してこうなったのか、教えてはくださいませんでしょうか」

立派な奥さまであるはずの蒼に丁寧に頭を下げられてしまい、使用人たちは動揺したのだろう。本来ならば言いにくいようなことも、ほろほろと口から飛び出し始める。

「その子……小雪《こゆき》は、奥さまがたがいらっしゃる何日も前に美花お嬢さまと一緒に台所にこもっていて……そのときにつまみ食いしたんだったたっけ？」

「そのときは普通に食べさせてもらって、美味《うま》かったたって話だったよ。小雪はケーキ作りのお手伝いを言いつけられていたんだけど、秘密兵器が手に入ってからは生焼けを食べさせられることがなくなったたって喜んでた」

「ああ、ありとあらゆるつてを使って洋菓子に詳しい方を探して、譲ってもらったんだっけ？」

「秘密兵器……」

口の中で繰り返して、蒼は言葉を切った。

その単語を切っ掛けに、目の中にびゅんびゅんとさらなる情報が飛びこんできてしまったのだ。黄昏《たそがれ》の光で照らされた台所の光景が急激に鮮明になっていき、蒼に向かって様々なことをがなりたてる。

（美花さんは、私たちとケーキを作る前に、小雪さんとケーキ作りをしていた。おそらくは、予行練習として。でも、この台所に入ったとき、ガスレンジには生地がこぼれたような跡はみじんもなかった。磨き上げられたぴかぴかの状態。ただし、美花さんの袖には粉がついてたし――レンジの上のコンロにも、乾き切った白い生地らしきものが落ちている）

蒼は、ふらりとガスレンジに歩み寄りながら、さらなる推察が流れこんでくるのを感じていた。壁を見れば様々な大きさの平鍋が引っかかっており、その中にひとつぶん空きがある。おそらく美花は平鍋を使って、ケーキ生地を焼いたのではないか。

（平鍋で調理した場合、レンジのオーブンで調理するよりも短時間で仕上げることになる。中まで火が入らないこともあるかもしれない）

美花は、オーブンでケーキを焼くのが上手くいかなくて平鍋を使うことがあったのだろうか。そうかもしれない。かもしれないが、気になる証言がもうひとつあった。

『秘密兵器』というのが、それだ。

（洋菓子に詳しい方にもらった秘密兵器というのは、一体なんだろう？　兵器というからには、なんらかの道具の可能性が高い。けれど平鍋はここに元からあったものを使っている。そもそも平鍋でケーキを焼くという発想自体が少しおかしい気がする）

「秘密兵器は、手順書？　それか……」

蒼が独りごちたとき、使用人たちの後ろから美花の声が響いた。

「小雪はよくなりました……？」

蒼が振り返るのとほぼ同時に、使用人たちも美花の方を振り返る。自然と左右に分かれた使用人たちの間を、美花はしずしずと通ってやってきた。

千夜子は眉間に皺を寄せて出て行ったが、すぐに眉尻を下げた。

（美花さん、目尻が赤い）

蒼もそのことに気づき、胸がきゅっと締め付けられるような気分になる。

蒼たちが小雪の看病をしている間、彼女はどこかでひっそりと泣いていたのだ。

おそらくは、自分のせいで小雪が倒れたのだと、わかっていたから……。

それを思うと蒼は、美花が可哀想《かわいそう》にも可愛くも思え、居ても立ってもいられないような気持ちになってしまう。どうにかして慰めてやりたいが、美花は己の強い意志でもって、深く頭を下げた。

「本当に、申し訳ございません。今回のことは、私の未熟が招いたこと。私、蒼さんからケーキ指南のお話を頂いてから、専門家の方から特別な粉をお譲りいただいていたのです。その粉で焼いたパンケーキは、膨らまないなどということはありませんでしたし、味もけして悪くはございませんでした」

「それが、秘密兵器、でしたか」

蒼は納得と共に淡い不安を覚えてつぶやく。

美花は鼻をすすりながらうなずき、さらに続けた。

「はい。今回も、あまりに上手くいかないようなら、あのパンケーキを重ねて使おうと思って、休憩時間に小雪とこっそり焼いていたのです。小雪は、その失敗作を食べたのですわ。おそらく、生焼けの……」

「まあ……。なんだってこっそりそんなことをなさったんです」

千夜子が困ったように眉を寄せて言うが、美花はすんすんと泣き始めてしまった。

「ごめん……なさい、私……わた、し、蒼姉さまに頼りにしていただいたのに……かんたんなことしかできなくてぇ……ちょっとでも、格好をつけたくて……」

千夜子は慌てて美花の肩を抱く。

「あら……！　そんなに泣くことじゃないじゃない！　大丈夫よ、小麦粉の生煮えくらい、そんなに大したことじゃ……」

「そうです、美花さん。小麦粉の生煮えじゃ、こうは、ならない……」

「……粉、だわ」

蒼も美花をなだめながら、ふと目を見開いて固まった。

「粉……？」

美花が涙でぐしゃぐしゃになった顔を上げる。

蒼はその両肩を押さえて、真剣な面持ちで顔を近づけた。

「ええ、粉です。美花さんが使ったパンケーキ用の粉を、見せてくださいませんか？」

「わ、わかったわ」

蒼の真剣すぎるほど真剣な態度に気圧《けお》されたのか、美花はふらふらと台所の奥へ入っていく。戸棚を開けて取り出したのは、少々くたびれた紙袋だ。英語ラベルのついたきれいな水色の袋を受け取ると、蒼はラベルから確かめた。

(内容物は、小麦粉、砂糖、でんぷん、食塩、ふくらし粉……ケーキの材料を、あらかじめ独自の配合で混ぜたものなのね。特に変わったものは入っていないみたい。そして日付は、粉を混ぜた日付？　一ヶ月ほど前ね)

ラベルを確認したのち、折り曲げてあった袋の口を開けて中を見る。うっすら黄色がかった白い粉が、袋の半分程度残っていた。

「……？」

一見して奇妙な感覚を覚え、蒼は目をこらす。

粉を見ているはずなのに、まったくそんな気がしないのはなぜだろう。

まるで、森の土を見ているような気持ちだ。なぜかというと——。

「……美花さん！」

「は、はい」

蒼の悲鳴みたいな呼び声に、美花がびくりと肩をふるわせる。

千夜子も驚いているのを見て、蒼は懸命に冷静さを取り戻そうとした。そそくさと袋の口を閉じ、いつもの穏やかな謙虚さを心がけて美花に言う。

「この粉、研究のために持ち帰ってもよいでしょうか？」

「もちろんですわ。まさか……蒼姉さまは、粉をごらんになっただけで何かわかりました の？ 小雪の腹痛は食中毒ではなくて、その粉に何か、おかしなものが入っていたとか……？」

美花は畏怖の表情で蒼を見上げてくるが、蒼も今の段階で言えることは少ない。

ただただぎゅっと袋の口を握りしめながら、なるべく力強く言う。

「詳しくは、きちんとしかるべき場所で分析してからご報告いたします。精一杯力を尽くしますので、どうぞ美花さんはお気を軽くなさってくださいね。——すべて、この蒼が、どうにかいたします」

美花がこのことで心を病みすぎないといい、と、蒼は思う。

小雪が倒れた原因は、十中八九この粉だ。だが、ケーキ作りに関しては、ここにいる誰もが初心者。新しいことは事故を呼ぶ。

(それに、美花さんは、私のためにケーキを学んでくださったのですもの。美花さんに罪があるとしたら、私にも罪がある)

「……ごめんなさいね、美花さん」

蒼が囁くと、再び美花の目からぼろっと涙がこぼれた。

「蒼姉さま……こわかったぁ……」

「どうぞ、いらして」

蒼が片手を伸ばすと、美花はひしっと蒼にすがりつき、子どものようにわんわん泣き始める。ちょうどそのころ、玄関のほうが騒がしくなってきた。

「お医者さまがいらっしゃいました！」

ドタバタと下男が報告に来たかと思うと、藤枝《ふじえだ》医師が助手を連れて駆けこんでくる。

「患者はどこかね？　ああ、なるほど。大分落ち着いているようだが……」

助手と共に慣れた様子で診察にかかる藤枝の姿は、いかにも頼もしい。小雪は藤枝医院に搬送されることにはなったが、おそらく大事はないだろうとのことだった。

美花は、続いて帰ってきた美花の両親に事情を説明に行き、蒼と千夜子は一息吐《つ》いた。

「これで、どうにか一安心ですわね。蒼さんの、宗一さんにごちそうするものはケーキの他に考えればいいとして……」

千夜子はほっとした様子でそこまで言い、ふと蒼に向かって声を潜めた。

「蒼さん。さっきその粉に何を見たの？　あなたにしては恐ろしい顔をしてたの、見逃さないわよ」

「………」

蒼はなんとも言えない表情で黙りこんでから、千夜子の小さくて白い耳に唇を寄せる。

「ダニ」

「……はい？」

「千夜子さんの思う、ダニです。それが、粉の中にいっぱい……」

「ひゃっ！」

千夜子は悲鳴を上げかけて、慌てて自分の口を手のひらで押さえる。どれだけ恐ろしい実習の前よりもおびえた様子の千夜子に、蒼は困り顔で微笑みかける。

おそらくは、粉に入れた砂糖などが問題だったのだろう。

元の持ち主か、美花が保管している間に、外から入りこんだダニが袋の中で繁殖し、大量にパンケーキに混入した。しばらく前にパンケーキを食べた小雪が平気だったのは、ダニの繁殖具合によるものだろうか。

とはいえ、あの症状の原因が本当にダニかどうかは、まだ断定できない。少なくとも、蒼が読んできた本の中にはダニの毒について有効な研究結果はなかった。

（こんなことが起こるのなら、研究をしていくべき問題だわ。ケーキを作るときは、面倒でも毎回粉を調合しなくては。それはそうと——宗一さまの誕生日にケーキは間に合わなさそう）

仕方のないことだけれど、このまま宗一の誕生日を諦めてしまっていいのだろうか。

蒼の思考はダニからふわりと剝がれていって、宗一のもとへ向かうのだった。

◇

『宗一さん。宗一さん』

母が体をさすっている気がして、宗一は深いため息を吐いた。

今はいつで、自分は何歳なのだろう。母がいるのだから、十代のはずだ。

それにしても、吐く息が熱い。風邪で熱でも出しているのだろう。

幼いころの宗一はどちらかといえば丈夫なほうで、風邪を引くことなど滅多になかった。だからこそ、寝込んだときのことは鮮明に覚えている。

うっすらと目を開くたび、薄暗い部屋の天井と、凝った欄間と、のぞきこんでくる母の顔が見えた。氷嚢《ひょうのう》を替えながら、白い手がするりと襟元に滑りこんでくる、あの感触。

冷えた手で宗一の熱を感じ取り、母は穏やかに声をかけてくれた。

『夢をみていたの？　誰かのお名前を呼んでいましたよ』

「誰かの……？」

一体、誰の。

自分には母親以外に、名を呼ぶような人はいただろうか？

学友たちに弱ったところを見せたくはないし、親戚たちはいけ好かないし、母は自分から引き離された。宗一が権力を握ったころには、彼女はひっそりと病死していた。手紙の一通すら届けてもらえないまま、母は死んだ。

（だからこれは、夢だ。わたしは、夢をみている）

宗一はそのことを自覚して、ぎゅっと目を閉じようとする。そうしていれば、もう少しくらいは母の幻がそこにいてくれるかもしれない。

母が居なくなったあとの記憶を彩る女たちは、誰も彼もが毒々しい。

宗一を愛人にしようと値踏みしてくる上流階級の女たち。

色仕掛けで情報と命を奪おうとしてくる高級娼婦《しょうふ》。

バーで出会った上海租界の女優は、宗一の目をのぞきこんで笑い、

『死人の瞳をしている』

と叫んだ。

そのときは宗一も大笑いしたものだ。

わかるよ、わたしは死んでいる。皆が望むように生きるために、自分で自分を殺し続けてきたのだ。わたしの目が生きているはずがない。なんならお前にも分けてやろうか、この死を。この殺伐を。

「…………」

宗一は吐息と共に、ひとつの名を呼んだ。

間を置かず、額に冷たい手のひらが乗って、穏やかな女の声がする。

「はい。ここにおります」

「…………？」

宗一は、驚いて目を開けた。

ぼやけた視界の中に、誰かがいる。自分を見ている。

薄暗い寝室の中、あえて選んだ古びたランプに照らされるのは、女の姿だ。薄暗がりにひっそりと、強く咲き誇るような美しいひと。

彼女は宗一の枕元に座り、控えめに笑っていた。

「蒼はここにおります」

「……蒼」

信じられない気持ちでつぶやくが、蒼の姿は幻ではなかった。

確かな存在感をもってそこにいて、寝台脇の台から濡れた布を取り上げ、宗一の額から汗を拭い去ってくれる。

幼いころ、母がしてくれたように……いや、ひょっとしたらもっと確信のある手つきで、てきぱきと。

蒼は宗一の体調を記録すると、抑えた声をかけてくれた。

「最近は留守がちで申し訳ございませんでした。今夜のご体調は、けして悪くはなさそうにお見受けしますが、具合はいかがでしょう？」

心地よい声だった。聞いているだけで安堵できるような声だ。

彼女が体調が悪くないと言うのなら、それはそうなのだろう。自然と体が軽くなり、宗一は微笑む。

「ああ。少し、夢見が悪かっただけだよ。今は、もう夜かな？　外は楽しかった？」

「お時間は夜の八時です。外では色々ございまして……。正直蒼は、こうして戻ってこられて、ほっとしているところです」

蒼は少々言いよどみ、困ったように笑った。

(愛らしい)

年相応にゆるんだ蒼の顔に、宗一はいつしか見とれている。

凜々《りり》しい蒼も、悲しげな蒼も美しいが、こうして安堵して笑っている蒼はとびきり愛らしい。本当なら今すぐ抱きしめたかったが、多分、あまりに唐突だろう。

(紳士らしく、兄のように、父のように)

宗一は自分にそんなことを言い聞かせ、そっと蒼の手を取る。

医学の修行で少し荒れた蒼の手は、冷えていて柔らかい。宗一が触れるとすぐに、優しい力で握り返してくれた。蒼は何か言おうとして、はにかみ、まつげを伏せる。

震えるまつげの一本一本を愛《いと》しく見上げながら、宗一はなるべく優しく囁いた。

「わたしも、目覚めたらあなたがいて、ほっとしたよ」

「嬉しい、です」

蒼の返事は少しばかり熱を帯び、宗一の手を握る指に淡い力がこもる。

先ほどは冷たいと感じた彼女の指が、今はやけに温かかった。握り合った両手の場所に心臓があるかのように、そこから温かさがこぼれだしてくる。

先ほどの夢の記憶が、優しい熱で流されていくのを感じて、宗一は微笑む。

「どうしよう。この手を放したくないな」

「あ……」

蒼はうっすらと唇を開き、頬をうっすらと染めたようだった。

彼女はうつむき、ふと視線を彷徨わせる。

「宗一さまが望むなら、永遠に繋いでいてくださっても、いいのです。でも」

「でも？」

宗一がからかうように聞き返すと、ほどなく、蒼の腹がほんの小さな音を立てた。

空腹の合図の音だ。宗一は、はっとして体を起こす。

「君、食事はまだなのかい？」

蒼は真っ赤になってうつむきつつ、小声で答える。

「すみません。できれば、宗一さまとご一緒したいと思ってしまいまして」

蒼の言葉は宗一の心をふわふわと浮き立たせたが、同時に彼は大いに焦った。

この世でもっとも守ってやりたい存在である蒼の腹をすかせてしまったのは、失態である。

「そういうことなら早く言いなさい。君は若いし健康なのだから、わたしなんかを待たなくてもいいんだ。いや、違うな、今言うべきはそういうことじゃない」

柄にもなく焦ってまくしたてたあげく、宗一は自分の額を押さえて気持ちを落ち着ける。そうして、改めて寝台に座って蒼に向き直った。

「君の気持ちは嬉しいから、食堂で待っておいで。身支度を整えて、すぐに行くよ」

すると、蒼の顔はぱあっと花開くように明るくなる。

（……？　一緒に食事をしようというのが、そんなにも嬉しいのか？）

怪訝《けげん》に思う宗一だが、蒼の機嫌が直ったのは嬉しいかぎりだ。

蒼は深々と頭を下げて、明らかに生気に満ちた顔で聞いてきた。

「ありがとうございます、宗一さま。お着替えのお手伝いは必要でしょうか？」

「大丈夫、いざとなったら榊を呼ぶ。早く食堂へ行きなさい」

「承知しました。お待ちしておりますね」

にこにこと答えて部屋を辞そうとする蒼を見つめて、宗一は、あることを思い出す。

「そうだ、蒼」

「なんでしょう？」

振り返った蒼は、まだまだ上機嫌の顔をしている。明らかにいつもより明るい顔だ。

（ひょっとして、わたしが買いそろえたものを、もう見てしまったとか……？）

宗一が思い出しているのは、蒼が居ない間に買いそろえた品のことだ。榊の助言でそろえたものが、いち早く榊から渡されてしまったのではないだろうか。

別に構わないといえば構わないのだが、できれば自分の手で渡したかった。

宗一は探るように訊ねる。

「榊から、何か渡されたかい？」

「いえ。榊さんからは、何も」

（嘘ではない、な）

蒼の返事は速度も表情もごくごく自然だった。

宗一はひっそりと胸をなで下ろし、うなずく。

「ならいい。食堂で会おう」

そう言って蒼を食堂に送り出してから、宗一は寝台を抜け出した。

蒼の言う通り、体調はけして悪くない。ランプの光量を大きくして衣装部屋にもちこむと、すでに洋装が一式出してあった。宗一の衣装をそろえるのは榊の役目だから、これも彼がやったものなのだろう。

(しかし、夜会服だな)

宗一は不審げな顔で、吊《つ》られた洋装一式を眺める。

英吉利《イギリス》で作ったウィンドウペンの三《み》つ揃《ぞろ》えは、儀式に出られるほど正式なものではないが、家庭の夕食に着るにはご大層だ。しかも蝶《ちょう》ネクタイにポケットチーフまで用意されているときた。

(まあ、いいか。榊が予定を勘違いしているわけもないだろうし、蒼は嫌がるまい)

そんなことより早く蒼に夕食をとらせなくてはならない。

宗一は疑問を投げ捨てて、浴衣から洋装へと身支度を整えた。さすがに蝶ネクタイだけはポケットに押しこみ、シャツの胸元を少し開けて、ポケットチーフをふわりと差すことで気軽な雰囲気にする。

身支度を終えて寝室を出ると、じりり、と電灯が音を立てる廊下に榊が立っていた。

「それでは旦那さま、こちらへ。奥さまがお待ちでございます」

「今日は家が妙に暗くないか？　発電機の故障じゃないだろうな」

「まさか。ただ単に、明るいから見えるものばかりではない、ということでございましょうか」

榊が珍しく迂遠《うえん》なことを言ったので、宗一はまじまじと彼の顔を見つめてしまう。

榊はそもそもが粗野と言ってもいいくらい、直截的《ちょくせつてき》な男のはずだ。

「榊、お前、何を企《たくら》んでいる。声が笑っているぞ」

「さようでございますか？　それはわたしの修業不足ですね。さ、どうぞ」

しれっと言われてしまうと、それ以上追及するのもばかばかしくなってくる。宗一は釈然としない気持ちで、榊が食堂の扉を開けるのを待った。

ぎい、と軽いきしみを立てて扉が開く。

扉の先には、無数の光があった。

「……？」

視界ににじむ光の輪に、宗一は何事かと目を細める。

薄闇に沈んだ食堂に、無数の光の輪が浮かんでいる。ゆらめくそれは、どうやら食卓に載ったいくつもの燭台《しょくだい》の明かりのようだ。

「蒼、これは……」

どうした？

と、続けようとしたとき、宗一は蠟燭《ろうそく》に照らされたテーブルの一角に、蒼が記したであろうカードを見つけた。

青黒いインクで書かれていたのは、『御誕生日おめでとう御座います』の文字だ。

「………………」

宗一の反応が言葉になる前に、ばちんと電気式のシャンデリアに明かりが入る。

辺りがぱっと明るくなり、世界に色彩があふれた。

花であった。居間と同じく重厚な黒檀の家具がそろえられた食堂が、色とりどりの季節の生花と、同じく色とりどりのリボンで彩られている。

まるで花園のようなその場所に、蒼がいた。

孔雀《くじゃく》の羽のような青い地に椿の咲き誇る着物姿の蒼が、こぼれんばかりの笑みを浮かべて頭を下げる。

「宗一様。御誕生日、おめでとうございます……！」

「誕生日」

一体、誰の。

そんな愚問を口にしかけて、宗一ははっとする。

「わたしの、誕生日か？」

「はい！　榊さんからお聞きしたのが正しければ、本日は宗一さまの御誕生日です。

西洋では、お正月よりも御誕生日を盛大に祝うのだと聞きました」

「それはまあ、そうだが」

生返事をしながら、宗一はまだまだうろたえていた。

西洋に誕生日祝いの習慣があるのは確かだが、宗一には家族らしい家族はいない。気を遣った友人たちに『祝ってやろうか』と言われても、苦笑と共に断ることのほうが多かった。まっとうな誕生日祝いなど、ほとんど経験が無いのだ。

蒼はそんなことは夢にも思っていないらしい。

興奮と緊張でぎくしゃくしながら、宗一に椅子を勧めた。

「いきなり内緒で御誕生日祝いというのも不躾かとは思ったのですが……とりあえず、どうぞ、お座りになっていただいて」

「ああ。その……ありがとう」

宗一もどこかぎくしゃくと椅子に座り、飾り付けられた食卓を眺める。

蒼は真剣な顔で続けた。

「聞くところによると、誕生日パーティーというのは歌ったり踊ったりするようですが、あいにく私には音楽の才がありません。省略しても無礼にはあたりませんか？」

「それは、うん、そうだな。……いや、すまない。正直に言うと、わたしも誕生日祝いに関しては、大してよく知らないんだ」

うろたえたあげく、宗一はついに白状した。

蒼は驚き半分、安堵半分の顔で自分の胸に手を当てる。

「そうだったのですね。でも、西洋では……」

「西洋でも仕事ばかりだったから。だから、まあ……」

一度言葉を切って、宗一は胸の奥がじわりと温まるのを感じた。この先を言うのは、少々恥ずかしいような気がする。が、なぜか黙ってもいられなくて、口を開いた。

「家族に、きちんと誕生日を祝ってもらうのは、これが初めてだ」

言ってしまうと案の定恥ずかしくて、宗一は蒼から視線を逸らす。

頬が熱く、顔が熱く、他のすべての場所も熱い。いたたまれない。でも、不快ではない。心地よい興奮を伴う熱に浮かされ、宗一はおそるおそる視線を上げる。

(蒼は、どんな顔をしているのだろう)

すると、蒼の顔も、同じように真っ赤だった。

宗一とまったく同じように、恥ずかしそうに、嬉しそうに顔を赤らめて、蒼は言う。

「あの。だとしたら……私、その、嬉しい、です」

「…………そう、だな。わたしも」

嬉しい、と言おうとしたが、ますます顔が赤くなってしまい、宗一は思わず自分の口元を手のひらで覆う。

（どうしたんだ、わたしは。子どもか？　誕生日ごときがそんなに嬉しいか？　ばかばかしい。ばかばかしいが、とにかく、蒼が可愛い）

頭がぐるぐるして、ばかばかしいことばかりが浮かんでくる。いつもの皮肉な思考に戻ろうとしても、途中でぽんっと蒼の顔が出てきて中断してしまう。

宗一がしばしそうして固まっているうちに、蒼はあわあわと榊に合図を送った。

「そ、それで、ですね……歌はできないので、せめて、ケーキをご用意しようと思ったのです。それで、せっせと美花さんとケーキ研究をしたのですが、色々ありまして」

「美花と色々？　ひょっとして、性懲りもなく美花が何か言ったのかね？」

宗一が美花の名に反応して顔を上げると、蒼はぶんぶんと首を横に振る。

「いえ、まさか！　美花さんはとても親切にケーキ作りを教えてくださいました。私も、お友達の千夜子さんもお休みのたびに頑張ったのですが、急には上手くできなくて、結局ご用意できなかったのです。申し訳ございません」

「ケーキを、休みのたびに……。それで最近、君は留守がちだったのか」

やけに暇だった最近の休日を思い起こして、宗一はすっかり肩の力が抜けた。蒼を信じようとは思っていたが、彼女がこの屋敷と自分から逃げ出したいのではないかと疑う心もどこかにはあったのだ。

だが、そんな疑念をすべて吹き飛ばすような皿が、榊によって運ばれてくる。

「こちらが、ケーキの代わりに蒼さまが作られたお料理になります」

目の前に置かれたのは、城ヶ崎家自慢の西洋陶器に盛られた円いケーキ……ではなく、ちらし寿司《ずし》だ。円く盛られた酢飯に、錦糸卵や紅白の蒲鉾《かまぼこ》で作られた繊細な花々が咲き乱れ、鳥や蝶の形に刻まれたにんじんが飛び回り、飾りの葉も添えられている。

「見事だ」

宗一は心の底からつぶやきを漏らす。

目の前の料理の造形はすべてが紋切り型ではなく、生々しいほど自然を感じさせるできばえだった。確かな自然への観察眼がなくては、こうはできない。

蒼は少し小さくなって言う。

「ありきたりのものではありますが、美花さんの雑誌にあったケーキ風に飾らせていただきました。体調がすぐれないときでも、比較的食べやすいもので作ってあります」

「これがありきたりであるものか。本当に美しくできているよ、蒼。こういう細工は、西洋でも見たことはない。ずいぶん時間も手間もかかっただろう？」

「お褒めのお言葉が過ぎます、宗一さま。少しはお屋敷の方にもお手伝いいただきました。細かい細工切りは、メスでやるととても具合がよろしいのです。……あ、もちろん、解剖に使ったメスではございません！」

慌てる蒼にくすりと笑いかけてから、宗一は背後に視線を投げた。

そこでは、榊が少々難しい顔で中空を睨《にら》んでいる。

欧州時代からの付き合いである宗一には、榊が笑いを堪えているのがよくわかった。

彼はおそらく、蒼が何をしているのか、ケーキ教室の時点から知っていたのだろう。

そもそも蒼に誕生日のことを教えたのも、榊の他にはおるまい。

彼は蒼が宗一の誕生日のために奔走しているのを知って、宗一が暇を持て余すのを見ていたのだ。さらにそのうえで、宗一に外商を勧めたのかもしれない。

（首でも絞めてやりたいところだが……まあ、榊も悪気があってのことではないか）

宗一に見つめられていることに気付いた榊は、手にした布の下から細長い包みを取り出した。それをさりげなく宗一の膝に載せたかと思うと、軽く片目をつむって、音もなく食堂から厨房《ちゆうぼう》のほうへ消えていく。

宗一はわずかに引きつった顔で榊を見送ったのち、小さく咳払いをした。

「宗一さま？」

蒼が宗一の異変にめざとく気付き、小首をかしげる。

「……蒼。お礼というわけではないが、これは君への贈り物だ」

宗一は榊のことをとっとと頭から追い出し、膝の包みを食卓の上に載せた。榊に言われたことをきっかけに、頭を悩ませて選んだ蒼への贈り物だ。

「私への？　宗一さまの御誕生日なのに？」

蒼は驚いたように言い、心配げに宗一と包みを見比べている。

ここまできたら、言葉を飾る意味もあるまい。宗一は少々ぎこちなく、かつ、ごく正直に言った。

「実のところ、あなたがいない休日は少し寂しかったんだ。だから、あなたへの贈り物を選びながら過ごすことにした。そんな愚かな行為の結果がこれだ。笑って受け取ってくれると嬉しいよ」

「宗一さま」

蒼は小声でつぶやき、胸の前で両手をぎゅうと握り合わせた。

胸から何かがあふれないように、我慢するような所作だった。

やがて蒼はゆっくりと包みに手を伸ばし、中から天鵞絨《びろうど》張りの細長い箱を取り出す。

箱を開けた途端、蒼の顔が一気に輝く。

「これ、聴診器ですね！」

勢いこんで言い、蒼は箱の中身をまじまじと見つめた。

先ほどまではひたすらに可愛らしかった蒼が、聴診器を手にした途端激しいまでの生気に満ちていく。そのさまはまるで、切り花が地に咲く花に変わったかのよう。

（きれいだ）

宗一は蒼にくぎ付けになりながらうなずく。

「そうだよ。象牙と金をあしらってある」

「何か彫ってあります。独逸語で」

蒼が聴診器を手に取り、燭台の明かりに近づける。

宗一はそんな蒼から視線を逸らせないまま、聴診器に彫った一文をそらんじた。

「戦う人は負けるかも知れない。戦わない人はすでに負けている」

「ああ……」

蒼の唇から嘆息が漏れる。蒼は、白い両手でいかにも大事そうに聴診器をすくいあげ、そうっと己の頬に寄せた。彼女の瞳が潤んでいるのがわかる。そこに蠟燭の光が反射して、星のように輝く。

情熱の星だ、と、宗一は思う。

「素敵です……！　素敵。大事にします。蒼は、これと一緒に、戦って参ります」

蒼は、涙と光でいっぱいの瞳で宗一を見つめ、震える声で告げた。

そんな蒼を見て、声を聞いているだけで、宗一の心も震える。

ずっと空っぽだと思った場所から、温かなものがあふれ出す。

（わたしの選択は、間違いではなかった）

こんなにも蒼を輝かせるものを自分が贈れた。そのことが、こんなにも嬉しい。

蒼に贈りたいものは、山ほどあった。彼女に似合うものも山ほどあった。けれど結局宗一は、彼女を飾るものではなく、彼女と共に戦っていくものを選んだ。あまりにも素っ気ないかとも悩んだ。

だが、これでよかったのだ。

宗一の愛する蒼を輝かせるには、彼女を飾って籠に入れてはいけないのだ。

蒼にもらったしあわせに、値段はつけられない。だから、お返しも値段をつけられる贈り物ではいけない。宗一が彼女に与えられる精一杯は、信頼であり、守護であり、戦いに行く彼女を見送る勇気と誠実だったのだ。

それらはすべて、宗一が失ったと思ったものだった。
だが、間違いだ。
それらはすべて、まだここにある。
彼女に贈るために、残っていてくれた。
宗一は、ようやくそのことに気付いて、口を開いた。
「誰かのために、戦いに行っておいで。そして、わたしのところへ帰っておいで」
一度言葉を切って、宗一は満ち足りた笑みと共に続ける。
「わたしたちは、家族だ」
「……はい……」
蒼の目から、ついにほろりと涙がこぼれる。
どちらからともなく二人は立ち上がり、美しい食卓のほとりでそっと抱き合った。
体と体が近づき、布地を通して互いのぬくもりが、心の震えが伝わってくる気がした。
体が近づき、心が近づく。
宗一は蒼を見下ろし、蒼は宗一を見上げた。
ごく近い距離で視線が絡んで、何かを考える前に唇が重なった。
甘やかで、秘めやかで。それでいて、ごく当然のことのような口づけだった。

第二話　黄昏《たそがれ》時の吸血鬼

「呪いというものについて、君たちはどう思うだろうか？」

蒼《あおい》はつぶやき、しばしその場で固まった。

考えこんだのちに、目の前に開いた本の表紙を眺める。

（この本、お父さまの書いた医療録で、間違いはないわよね）

青い表紙の和綴《わと》じの本は、蒼が医学校の資料室で見つけた父の著書だ。

そのはずなのに、なぜか呪いの話が書いてある。

蒼はがらんとした医学校の教室で、ひとり首をかしげていた。

秋が深まり、そろそろ冬にさしかかろうというころである。教室の隅のストーブに火が入る日も近い夕暮れ時に、蒼は医学校に居残っていた。

父の医療録の続きを読んで帰ろうと思ったからだ。

（お屋敷《やしき》に帰るとどうしても宗一《そういち》さまのことが気になってしまうから、学校で読もう

と思ったのだけれど……ひとりで消化しきれる内容かしら）

少々自信を喪失しながらも、蒼は頁《ページ》をめくることにした。

最近の蒼は以前よりさらに、宗一と居ることが多くなった。なるべく食事も一緒に取るし、眠るときも彼の枕元で色々と話をして、自分のほうが先に寝入ってしまうことすらある。朝も必ず起こしに行くし、学校の行き帰りも、休日に宗一がハヤテの訓練をするときでさえ、極力一緒だ。

以前はあまりにも貼り付いていたら邪魔だろうか、なんて思ったものだが、あの誕生日の夜以来、なんだか傍《そば》に居たくなってしまった。

宗一も同じ思いのようで、色々と理由をつけては一緒にいられる時間を作ってくれる。

宗一と共に過ごす時間は温かく、心満たされる素晴らしいものだが、読書量が減ってしまうのはいかんともしがたかった。

（とにかく、もう少し読んでから考えましょう）

蒼はそうっと次の頁をめくる。

『この国には、呪われた地というものがいくつも存在する。そこに住む者は長く生きることはできない。体の変形や内臓の障害に見舞われ、死んでいくのである』

「……それって」

急に毛色の変わった話に、蒼は思わず身を乗り出してしまった。

体の変形や内臓の障害。それは間違いなく、なんらかの病のせいではないのか。病なのに、原因がわからなかったために、呪いだと思われてきた事象なのではないだろうか。

蒼は急いで頁をめくる。

『読者諸君には予想がつくだろう。医学の道に携わる者ならば、彼らがなんらかの病に冒されていることは想像に難くない。しかし、原因が不明なだけで、それらの病は呪いであるとされ、治療を諦められてきた』

予想通りの内容に、蒼はますます本にのめりこむ。

（お父さまは、呪いと呼ばれたような病と闘ってきたの？　それは一体どこのどんな病で、呪いは解けたの？）

蒼が周囲のことを忘れて本にかじりついていると、勢いよく教室の扉が開いた。

「やあやあ城《じょうが》ヶ崎《さき》くん、相談だ！」

「っ……!?」

教室に若い男の叫びが木霊して、蒼はばね人形のように姿勢を正す。見れば、扉を開け放ったのは見慣れた男、医学校講師在澤《ありさわ》である。

「在澤先生、こんにちは。一体どうなさったのです？」

蒼が驚きのあまり小さくなって言うのも気にせず、在澤はずかずかと入ってくる。

彼はそのまま蒼の前の席に座って体をひねり、神妙な顔をして言った。

「禿《は》げた」

「禿げた……」

あまりに意外な台詞《せりふ》に、蒼はまじまじと在澤の頭を見てしまう。西洋の血でも入っていそうな栗色《くりいろ》の髪は、油でなでつけられることもなくふわふわ野放図に生えている。

禿げ、というよりふさふさである。

「一見すると、禿げたようには見えませんが……ひょっとして頭ではなく、他の毛が禿げたのでしょうか？」

「さすが医学生、発想に遠慮が無いな！　素晴らしいとは思うが、そうじゃない。ここだ、ここ」

在澤は早口で言い、脳天近くの髪を手で押さえて蒼に見せつける。

蒼はそこをのぞきこみ、ふっと周囲の視界が鮮やかになるのを感じた。サトリの目が発動したのである。

在澤の頭皮のわずかな引《ひ》き攣《つ》れ、色、髪の生え際の様子、髪を押さえた在澤の指の様子、息づかい、声、汗の臭い、鼓動の気配すらもが、どっと蒼の中に飛びこんでくる。

蒼は数々の情報を呑《の》みこんだのち、ゆっくりと瞬《まばた》いて言った。

「確かに。円形に、髪の生えていない場所があります」

「だろう？　あるだろう？　なんでだと思う？」

「それは……」

「心労だよ!!」

答える前に在澤自身に断言されてしまい、蒼はきょとんとしてしまう。

「心労ですか」

「そうだ。僕が周り中から身を固めろと言われているのは知っているかい？」

在澤は髪をぐしゃぐしゃにして脱毛箇所を隠すと、憮然《ぶぜん》とした顔になった。

そんな顔をしてさえ在澤の容貌は甘やかで、一見するとお座敷《ざしき》遊びに慣れた商家の二代目といった雰囲気だ。薄すぎる髪の色まで考慮すれば、活動写真に出てくる欧羅巴《ヨーロッパ》の王子様めいているかもしれない。

（普段の仕事ぶりを知らずに顔だけ見れば、遊び人に見える、のかしら）

「存じ上げませんが、言われそうだなとは思いました、今」

　蒼が神妙な顔で言うと、在澤も神妙な顔でうなずく。

「そうだろう？　そうなんだよ。僕のような顔がよくて有能な男は、とっとと身を固めないと何か特別な問題があるのじゃないかと思われがちだ。そんな噂《うわさ》が立てば、医学校の評判にも関わる」

「それは、深刻ですね」

「ああ。と、いうことで、院長からお相手を紹介されたわけだ」

「まあ、ご紹介が？　よかったですね、先生。院長先生からのご紹介なら、きっと信頼できるご婦人でしょう。これで万事解決なのでは？」

　蒼はほっとして微笑《ほほえ》んだ。

　信頼できる相手が身近にいるというのはいいものだ。蒼も充分体感している。しっかりとした伴侶さえ得れば、在澤の心労による脱毛は徐々によくなるのではないか
……と思ったのだが、彼は難しい表情を崩さなかった。

「君は全然わかってないな！　僕はそのご婦人とお付き合いをするようになってから、めっきり体と心の具合が悪くなったのだ！」

「えっ。一体どうしてそうなったのでしょう？　お相手に、頭の毛をむしられたわけ

ではないんですよね？」

「かろうじてむしられてはいないが、遠からずそんなことにもなるかもしれない。そんな危惧を感じるくらい、僕にはご婦人の心がわからない！」

力一杯言われてしまい、蒼は戸惑う。

（ご婦人の心がわからない。こんな、女性に慣れていそうな在澤先生が？）

内心には疑問符が乱舞したが、そのまま言うのも申し訳ない。蒼は言葉を丁寧に選びながら言った。

「在澤先生は大変優秀な先生ですのに、わからないのですか？」

「女心は永遠の謎だ！　特に、ジメジメしたやつはさっぱりだ！」

在澤は憤慨した様子で言い放った。

蒼は、言われてみれば、と、考え直す。

在澤はいつもきっぱりしていて、怒ることはあってもすぐに水に流してしまう。喜んだり、浮かれたり、楽しそうだったりすることが多くて、残念そうなことはあっても、悲しみに沈む様子はない。

つまり、喜怒哀楽の、怒と哀がほとんどないのだ。

蒼はそんな在澤を素直に『立派な方だな』と思って尊敬していた。

が、それが在澤の努力によるものではないとしたら。

在澤には生まれつき怒と哀の感情が備わっていないとしたら。

確かに、個人的なひと付き合いには支障を来すかもしれない。

蒼が考えこんでいると、在澤は机の両端を摑《つか》んで思い切り頭を下げた。

「というわけで、城ヶ崎くん。僕に、女心というやつを教えてやってはくれないか！」

「わ、私が？　在澤先生に？」

「そうだ！　君は観察眼が鋭いし、説明も上手《うま》い。女性の心を僕に教えるには一番の適役だと見こんでいる！　家庭教師ということで、もちろん報酬は出させていただく。具体的には、女性が喜ぶ逢《あ》い引《び》きの仕方や、会話の仕方を指導してくれると助かる！」

「ま、待ってください……！」

さすがの蒼も、慌てて腰を浮かす。

「その、逢い引きや会話の指導ということは、先生と私で逢い引きのまねごとをしたり、お付き合いしている前提の会話の実践指導をしたり、ということになりますよね？」

「察しが早い、そのとおりだ！」

力一杯肯定され、蒼は身震いがした。

頭の中に宗一の姿が浮かび、焦りと苦いものが胸に広がる。

宗一といるのはいつだって楽しいし、買い物や観劇など、逢い引きと言ってもいいようなこともする。最近はひっそりと外套《がいとう》の下で手を繋《つな》いでくれたり、目と目が合うと蕩《とろ》けるように笑ってくれたり、身を寄せ合って夜の静謐《せいひつ》に身を任せ、互いの鼓動だけを聞いているような夜もある。

でも、それは宗一だからいいのだ。

他のひとを同じような気持ちで見上げることはできない。

蒼の心はすぐに決まり、せっせと在澤に説明を開始する。

「お力になりたいのは山々ですが、私、人妻ですから」

「だからこそだ！　ここで未婚のお嬢さんに頼ったら、どんな噂が立つか知れない。その点、君が相手なら、僕と夫君にも面識がある。城ヶ崎先生だって、事情を話したらわかってくれる！」

在澤はまったくめげずに言い、額を机にすりつけた。

（宗一さんがわかってくれる？　本当に？　私が休日出かけていただけで、寂しくなってしまったあの方が……？）

何をどう考えてみても、宗一がわかってくれる気はしない。

むしろ確実に機嫌を損ねる気しかしない。

とはいえ蒼は生徒、在澤は教師だし、ここまで頭を下げている成人男性を無碍《むげ》にもできない。蒼は進退窮まってしまった。

（どうしよう……もはや、このまま走って逃げるしかないのかしら）

蒼は途方に暮れて、在澤のふわふわした後頭部を見つめる。そうしているうちに、蒼はやんわりとした違和感に囚《とら》われた。

これは一体なんなのだろう。

何かがおかしい気がする。

在澤の言ったことは、何かがおかしい……。

蒼が考えこんでいると、こんこん、と教室の戸が叩《たた》かれた。

医院の先生か、警備員からそろそろ帰れと言われるのだろうか、と蒼が顔を上げると、そこには漆黒の洋装に身を包んだ長身がたたずんでいる。

「宗一さま！」

驚いたの半分、ほっとしたの半分で蒼は宗一の名を呼ぶ。

宗一はいつもながらの青白い顔で緩やかに微笑み、からりと教室の戸を全開にした。

「家の仕事で近くまで来たので寄ってみたが、何やら取り込み中だったかな？」

「そうなんだ、実は大変な取り込み中でね！」

「在澤先生に相談をお受けしたのですが、いったん持ち帰って宗一さまにご相談しようと思っていたところです！」

在澤と蒼はほとんど同時に発言し、席を立ったのは蒼のほうが先だった。

彼女は読んでいた本をさっと他の教科書と一緒にまとめ、胸に抱いて宗一の元へと駆け寄っていく。

宗一は彼女の腰を自然に抱いて引き寄せながら、ちらと在澤を見やった。

「そういうことならば、後ほどお返事させていただこう。ごきげんよう、在澤先生」

「ふむ、わかった。では蒼くん、相談と返事は早めに頼むよ。でないと僕の毛根が最後の一本まで死滅してしまうかもしれないからな！」

元気な在澤の声を背に、宗一はとっとと教室の戸を閉めた。

蒼はきゅっと教科書包みを胸に抱き、宗一の顔を嬉《うれ》しく見上げる。

帰るまで会えないと思っていたひとに思いがけなく会え、蒼の心は浮かれていた。

本日の宗一は洋装で、漆黒のインヴァネス・コートを羽織っている。青ざめているのもあり、そんな格好だと彼は本物の西洋人のようにも見えた。研ぎ澄まされた猛禽《もうきん》みたいな面持ちの中、瞳だけが優しい光を宿して蒼を見下ろしている。

「今日は途中まで歩きで構わないかい？」

「もちろんです。そのほうが、宗一さまと長く一緒にいられますし」

ためらいなく答え、蒼は木製の階段を下りていく。

医院に付属された医学校は城ヶ崎邸よりは大分簡素とはいえ、大工が腕によりをかけて作った木造洋館である。二人は舞踏会のホールに下りていく紳士淑女のように、吹き抜けのホールを目指して下りていった。

「蒼からそんなふうに言ってもらえるのは嬉しいね。家でもいつも一緒だけれど、外で会うのも好き？」

宗一に声を潜めて聞かれ、蒼はほわりと頰を赤らめた。

「それは……はい。外出時の宗一さまは、少し雰囲気が違って、どちらも好きです」

「………そう」

自分から聞いたのに、宗一は少々返事に躊躇《ためら》ったようだった。

ふたりは最終的に、黙って医学校の玄関にたどり着く。

(何か、お話ししたほうがいいのかしら)

そわそわする蒼の肩に、ふわりと温かなものがかかる。

「これは……？」

視線を投げると、宗一が蒼の肩に何かをかけて、穏やかに笑っていた。

「着てごらん」

「……！　ありがとうございます」

先ほどまでのそわそわが一気に吹き飛び、蒼は笑みをこぼす。

肩にかけられたのは、新しい服らしい。

言われるままに身にまとってみると、それが信じられないほど軽い洋風外套だとわかった。袖がなく、首元でボタンを留める形だから、ケープ、と言ったほうがそれらしいのだろうか。白に近いクリーム色の毛織物《けおりもの》に、銀色がかった毛皮の襟がついている。

ちょっと指先を出すこともできる隙間もあって、洋装でも和装でも着られる形だ。

「すごい、夢のように温かくて、軽い……」

本当に着ているのかどうか確かめたくてその場でくるくる回ると、ケープの裾が優雅にひらめいた。まるで夢の衣服だ。栞《しおり》の君にもらった初期の本、童話の類いに出てきたお姫様の衣装のよう。

「なんだかドレスめいていますよ、宗一さま」

蒼が少々興奮して言うと、宗一はさも楽しそうにくすりと笑った。

「よく似合っているね。英吉利《イギリス》にいる友人に直接買い付けてもらったんだ。気に入ったようなら何よりだ」

「それはもう！　ありがとうございます」

「礼はわたしが言いたいくらいだよ。では、行こうか」

宗一は玄関を開けて外に出ると、蒼が出てくるまで扉を押さえている。

蒼は夢見心地のまま外に出て、宗一に求められるまま、彼の腕を取った。

紳士の腕に淑女がすがって歩く習慣は、まだこの国に馴染《なじ》んだとは言いがたい。どちらかといえば公衆の面前で男女がべたべたするのはみっともない、という考え方のほうが一般的だ。

ところが、宗一が日本人離れした紳士だからだろうか。宗一と蒼がそうするぶんには、周囲は流行雑誌を見るような憧れの視線を向けてくることはあれど、批判するような行動には至らないのだった。

暮れなずむ夕日を眺めながら、二人の足は自然と不忍池《しのばずのいけ》方面へと向いた。

夏には蓮《はす》の花がびっしりと覆い尽くす池の水面も、今は枯れ草を浮かべて夕日を眺ね返している。夕暮れ色に染まった水面が揺れるのを眺めながら、蒼は切り出す。

「あの、宗一さま。先ほどの、在澤先生からのご相談なのですけれど」

「話してごらん」

宗一は池の端で足を止め、穏やかに蒼を促した。

柳の下に立つ洋装の彼は、まるで和洋折衷の絵画のようだ。夕暮れ時の曖昧な日差しもあいまってか、不思議なくらいに現実感が薄く見えた。

蒼は自分も絵の中にいるような、不思議な気分になりながら続ける。

「先生は、女性の気持ちがわからないのだそうです」

「ふ」

意外な台詞だったのか、宗一は小さく噴き出した。

そのまま革手袋をした手で口元を覆い、笑みを押し殺しながら答えてくれる。

「あいつがわからないのは、女性の気持ちじゃない。人間の気持ちだよ。怒り、嫉妬、悲しみ、後悔。どれもあまり理解していないように見える。医者には向いているのだろうが、彼の家族になる者は、大変だろう」

「宗一さまも、そう思われますか」

蒼はほっとして答えた。宗一がそこまでわかっているなら、のちの話も語りやすい。

　宗一は話の先を見晴るかすかのように、目を細めて言う。

「君も気付いていた？」

「先ほど考えて、そうなのかな、と思い至ったところです。確かに、医者という職業だけ考えれば、向いていそうですね」

　蒼は語りながら考えた。

　自分も激情に振り回されるほうではないが、実習や実験で取り返しのつかない失敗をしたときには気持ちが沈む。そのせいで作業の正確さを失い、二度目、三度目の失敗をすることも、たまにはあるのだ。

　在澤にそれがないなら、正直羨ましい。

　羨ましいが、もしも自分が宗一の悲しい気持ちを理解できなくなったら。それは嫌だ。どうしても嫌だ。宗一が悲しい気持ちでいるのなら、何も出来なくとも傍に居て、同じ気持ちを分けてほしい。

「……それで？　今の話の流れからして、在澤先生はあなたに、女性の気持ちというものを教えてくれと頼んでいたのかな？」

　宗一に声をかけられて、蒼は、はたと我に返った。

「よくおわかりで……！　そうなんです。私は『人妻なので』と断ろうとしたのですが、それでも、どうしても、と強くお願いされておりまして。……宗一さま、これは、引き受けるのが親切なのでしょうか？」

蒼は神妙な顔で問うた。

宗一はというと、即答はせずに視線を外す。

「親切、ね」

どこか虚《うつ》ろな彼の視線は、不忍池を通り過ぎて対岸を見ているようだ。

つられて蒼も向こうを見つめ、それが劇場街の方角だと気付いた。ちょうど、蒼が所属していた手品団が劇場を持っていたあたりだ。自分があそこにいた過去があまりに遠く思えて、蒼はなんだか不思議な気分になった。

「昔なら……手品団にいたころの私なら、どなたのお願いも断りませんでした。いくらか無茶なお願いもありましたが、ひとのためになるのなら、と思って励んでおりました。当時のお願いに比べたら、在澤先生のお願いは紳士的なものです。でも……なぜでしょう。私、在澤先生に、親切にしたくありませんでした」

言葉にしてしまうと、蒼の中でもやもやしていた気持ちがはっきりした形を持つ。

在澤は先生だ。恩がある。恩を返したい気持ちはあるのに、心は逆のことを告げた。

ただのお願いならばいい。

蒼のことを女と見込んでお願いをされたのが、嫌だ。
宗一とだけしてきたようなことを、自分としてくれ、と言われたのが、嫌だ。
甘く整った在澤の顔を思い出すと、ますます心がしおれる。
蒼は無心に宗一の腕を強く握り、つぶやいた。
「汚くなってしまったのでしょうか、私」
今の自分は正しくない、気がする。
宗一が、それは正しくないよ、恩師には親切にしなさい、と言うなら、考え直せる。
蒼は答えを求めて宗一を見上げようとした。
が、目と目が合う前に、宗一は蒼を強く抱きしめる。
「っ……宗一さま？」
急なことに、蒼は驚いて声を上げた。
宗一は欧風なふるまいをするひとだけれど、こんなに性急なのは彼らしくない。
なぜ、と聞こうとしたが、その前に耳元に囁《ささや》かれた。
「黙って」
どきり、とした。
ぞんざいな声だ。

「……はい」

どっ、どっ、どっ、と、自分の心臓が血を吐き出しているのがわかる。宗一が自分を抱いている。声に、腕に、どこか必死さがある。

そのことが、蒼の胸を騒がせる。

「しばらく、このままで」

追加で囁かれると、もう、蒼はまったく動けなくなってしまう。

まるで魔術だ。彼がこうしていてほしいと言うのなら、抵抗する気なんか少しも起こらない。誰かが見かけたら何やら思うかもしれないけれど、そんなこともどうでもいい。

宗一のインヴァネス・コートに包まれて、蒼は彼の体にそっと手を回す。

「わかりました。宗一さまがよいとおっしゃるまで、こうしております」

囁いて、彼の胸にこめかみを預けた。彼からはいつだって不思議な香りがする。舶来ものの香水と、少しの体調の悪さと、漢方薬みたいなかすかな苦み。

酸いも甘いもかみ分けた、大人の香りだ。

蒼はこの香りの中で、しあわせというものを知った。

(ずっと、ここにいたい)

ゆるりと目を伏せて、蒼は思う。

ずっと、というのはいつまでだろう。ずっとは、ずっとだ。

自分が女医になるという夢を叶《かな》えて、ひとりで生きられるようになっても、ずっと。季節が巡って、真冬になって、春がきて、また夏になっても、ずっと。このひととこうして囁き合い、手を取り合いながら、季節の変わり目の街を歩きたい。

些細《ささい》なことを相談し合い、新しく発見したことを分け合って、生きていきたい。

時々こうして抱き合って、互いの心音を感じていたい。

できれば、ずっとずっと。永遠に——。

そう思ったとき。

がしゃん、と派手な音が立って、蒼ははっと顔を上げた。

見れば、宗一はすでに音のほうへ視線をやっている。

「——蒼。帰ろうか。この先で俥《くるま》を拾える」

「はい。あの、今の音は……」

蒼がうろたえて視線をやると、少年がひとり、倒れた自転車を大急ぎで立て直しているところだった。

少年はちらと宗一を見やってから、慌てて自転車に乗って走り去っていく。

「何か、怖いことでもあったのでしょうか？」

蒼が不思議そうに聞くと、宗一はくすりと笑う。

「さてね。薄暗い柳の下では、あらゆるものが幽霊に見えるものさ。わたしが、あなたを取って食っているようにでも見えたのかもしれないよ？」

「なるほど……？　私、宗一さんにならいくらでも取って食われます」

蒼が大真面目に返したので、宗一は少し困った顔になって答えた。

「君は、わたしを殺す気かね？」

「え!?　まさか、殺すだなんてとんでもない！　な、なんでそんなことに？」

「とんでもない殺し文句を吐いたじゃないか。あなたの手はひとを生かそうとするくせに、口ではすぐ殺し文句を吐く。在澤先生があなたを普通のご婦人だと思って教師に迎えたら、きっと大変なことになるよ」

「殺し文句……」

どうにもピンとこない蒼の頰を、手袋をした宗一の手が軽く撫《な》でる。

顔と顔が近づき、宗一は甘い微笑みを浮かべて言った。

「在澤先生のお願いは断りなさい。わたしが許すよ」

笑みよりもさらに甘い声で囁かれ、蒼は小さく震える。

「はい」

小声で答えると、心底ほっとできた。

(私は、在澤先生のお願いを断っていいんだ。逢い引きも、こんな会話も、宗一さんとだけしていればいいんだ)

嬉しさのあまり、蒼は自分からぎゅっと宗一に抱きつく。

宗一は蒼の頭を愛《いと》しげに撫で、しばしその場でたたずんでいた。

この日に起こったのは、ただそれだけのこと。これが妙な小事件に繋がっていくなどと、このときは蒼も宗一も、まったく予想だにしていなかった。

◇

「吸血鬼?」

「そうなの。この記事をご覧になって!」

在澤に頼み事をされてから、半月ほどが経《た》ったのちのことである。

医学校の休み時間に、千夜子《ちよこ》がこっそりと蒼を呼び止め、新聞を突き出してきた。

蒼が受け取ってみると、千夜子が持ってきた新聞は、宗一がいつも読んでいる新聞よりも小さなものであった。不思議そうにしている蒼に気付いたのか、千夜子がこそこそと補足を入れる。

「これはいわゆる小新聞《こしんぶん》というやつでね、政治よりもちまたの風俗や事件を取り扱うのよ。患者さんに見せてもらったのだけれど、ほら、この記事。衝撃的じゃない？」

「そうですね……『吸血鬼というのは西洋の化け物で、処女の血を吸って永遠に生きるものである。これが最近、不忍池のほとりに現れた』」

ざわめく教室の隅っこで、蒼は小声で記事を音読した。奇想天外、まるで小説のような内容で、とても新聞に書かれるようなこととは思えない。

蒼は難しい顔になってしまった。

「『闇から現れたインヴァネス・コートの男が、うら若き娘をかき抱き、首筋から血を吸っているところを目撃した者がいるのである』……とありますが、見間違いでないという確固たる証拠でもあるのでしょうか」

蒼が思い出しているのは、宗一と共に不忍池の周りを散策したときのことだ。あのときの自分たちだって、宵闇の中ならばいかようにも見間違えることはできたはずだ。

実際、自転車の少年は蒼たちを見て、慌てて逃げていった。

「証拠は、あるらしいのよ！」

千夜子が張り切った声をあげたので、蒼は過去から引き戻される。

「証拠が、ある？　吸血の証拠がですか？」

びっくりして聞き返すと、千夜子は大きくうなずいた。

「実際に、この辺りでお葬式を執り行った牧師さまの証言が載っているの。最近、何件か血を抜かれた痕のある死者を弔ったのですって！　警察は病死と診断しているけれど、実際は上野《うえの》に吸血鬼がいるのではないか？　という話なの。興味深いわよね」

「それは……確かに」

喋《しゃべ》りながら、蒼は頭の中で何かがチカチカしているのに気付く。

なんだろう。サトリの目が開くときの前兆に近い、この感覚。蒼の目はこの記事を通して他の何かを見ようとしている。

一体、何を？

「この話自体もすごく興味深いのだけれど、私が一番見せたかったのは、この挿絵よ」

蒼の異変にはまったく気付かず、千夜子は半分に折っていた新聞を広げて見せた。今まで隠れていたところには、すばらしく細密なペン画が載っている。

描かれているのは、すらりとした長身にインヴァネス・コートをまとった男。その顔は峻厳《しゅんげん》といってもよい険しい美しさを持っており、ポーズはどこか優美である。そんな男が袴《はかま》姿の少女を情熱的に抱きしめ、あおのけられた白い首筋に食らいついている――。

『まるで和洋折衷の絵画のよう』

以前自分が思ったことを思い出し、蒼は固まった。

(この絵……私と、宗一さまだわ)

間違いない。牙やら何やらが描き足されているとはいえ、この絵は明らかに宗一だ。実物そのものとは言いがたいが、雰囲気ははっきりと描き出されてしまっている。

自分と宗一が、こんな形で新聞に載ってしまった。

衝撃の事実に蒼が動けずにいるうちに、千夜子は少々楽しげに続ける。

「恐ろしいけれど、浪漫《ろまん》を感じる絵よね。私、これを見てあなたと城ヶ崎先生を思い出してしまったの」

「そ、それは、その、千夜子さん」

蒼が慌てて口を開くと、千夜子は『わかっている』とでも言いたげにうなずく。

「大丈夫、もちろんあなたの宗一さんが吸血鬼だなんて思っていないから」

「そう……ですよね」

一瞬ほっとした蒼だが、続く千夜子の言葉は予想外だった。

「だって蒼さんと宗一さんは、なんというか、夫婦といえど相棒に近いというか、親しい従兄弟《いとこ》同士というか、そういう清らかな雰囲気だもの。この絵は、少し色っぽすぎるわ」

「…………」

清らか、と言われてしまうと、蒼はどう返していいのかわからなくなってしまった。

あの日、不忍池で抱きしめられたときの宗一の腕の力強さや、めまいがするような蠱惑《こわく》的な彼の匂いや、魂が震えるような囁き。

その全てに心震わせ、蕩けるような気分で宗一を抱き返していた自分。

思い出せば思い出すほど体中が熱くなり、蒼はなるべく小さくなってうつむいた。

(千夜子さん。私、まったく、清らかなんかではないの)

清らかどころか、外でなければそのまま口づけを望んでしまったかもしれない……。

そんなはしたない自分の欲に、蒼は顔を真っ赤にして口をつぐんだ。

千夜子はそんな蒼の異常に気付くでもなく、うっとりと記事の挿絵を見ている。

「それにしても、いい絵だと思わない？　藤枝《ふじえだ》医院の女性患者さんたちの間でも、ずいぶん話題になっていたの。事件の真偽はともかく、しばらく話題になりそうね」

「困ります……」

「え？　なんで？」

きょとん、とした千夜子に、蒼はうつむいたままつぶやく。

「その絵が、いえ、その事件が話題になっては、私、困ります」

「あら、さすがはうぶな蒼さん。大丈夫よ、恥ずかしがらなくても。本当はこんな色っぽい吸血鬼なんて、この世に存在しないに決まっているんだから」

千夜子は明るく笑い飛ばすが、蒼はそこで納得するわけにはいかなかった。

がば、と真っ赤になった顔を上げ、千夜子の腕にすがって一気に言う。

「いけません！　そもそも吸血鬼などといういかがわしい噂を、噂のまま放置しておいてはいけないのです。噂には尾ひれがついて広がります。その噂を隠《かく》れ蓑《みの》にして新たな犯罪が起こる可能性すらあるのです」

喋りながら、蒼は己の良心がチクチクと痛むのを感じている。

（本当は、そんなことが言いたいわけじゃないのに。私は、宗一さまと私の姿が世間に出回って、噂になり続けるのが恥ずかしくてたまらないだけなのに）

素直すぎるくらい素直な蒼だから、本当はすべての真実をぶちまけてしまいたい。

しかし、さすがにこればかりは羞恥心が勝ってしまった。

色っぽいと噂になっている画《え》のモデルが自分たちだと知れたら、宗一の体面のことも心配だ。自分たちを清らかだと信じ込んでいる千夜子の純情を裏切ることにもなるし、城ヶ崎家としても不本意だろう。

となれば、どうにかそれっぽいことを言って言い逃れをするしかない。

(ごめんなさい、千夜子さん)

蒼はいたたまれない思いであったが、聞いている千夜子は真っ正面から蒼の言葉を受け止めてくれた。彼女は真剣な面持ちになって頰に手を当てる。

「なるほど。言われてみたら、それもそうね。破廉恥な輩《やから》が増えたらことだわ」

「でしょう？　で、ですから、私……」

わずかに躊躇った後、蒼は覚悟を決めた。

(自分たちで蒔《ま》いた種。自分たちで刈るしかないわ)

蒼はすっくと席を立ち、まだほんのりと赤い顔でぎゅっと拳を作る。

「私、この事件を解決します。上野の吸血鬼の正体を、暴いて見せます」

◇

「色々な経験をした人生の果てに、吸血鬼にされるとは。いっそ名誉な気もするな」

宗一がさも面白そうに言うので、蒼は困ったように彼を見つめた。

「ひとの血を吸う鬼になるのが、どうして名誉なのでしょう？」

見慣れた景色が左右を流れていくのを眺めつつ、宗一は物憂げな笑みを含んで言う。

「西洋の吸血鬼伝説はそもそも貴族的な色合いを帯びているのだよ。墓場から蘇《よみがえ》る吸血鬼というのは、そもそもが基督教《キリストきょう》以前の土着信仰に由来する。最初はただの生ける死体だったものが、やがて冷徹なる統治をした東欧の君主と結びついた。ここで吸血鬼は、残酷でありながらも紳士的で蠱惑的な化け物へと変貌したのだ」

流れるように語られた吸血鬼像は、確かに新聞の挿絵と重なった。

それでも蒼は、宗一が化け物呼ばわりされるのには納得がいかない。

「紳士的で蠱惑的というのは、確かに宗一さまにぴったりですが……宗一さまは、けして残酷ではないと思います」

懸命に主張してみると、宗一はいたずらっぽい流し目を向けてくる。

「さて、どうかな？　わたしたちは、手紙だけで互いのことを伝え合って結婚した夫婦だ。妻は夫の大事な性癖を知らないだけかもしれない」

「大事な性癖、と言いますと？」

「美しい妻の血が大好き、とかね」

こっそりと耳元に囁かれ、蒼はしばし真面目に考えこんだ。

そして、意を決したように口を開く。

「まず、大前提としてですが。血を飲むのは危険です」

「うん？　危険？」

「はい。他人の血に触れるだけでうつる感染症はいくつもありますし、いざ飲もうと思うと吐き気がすると言います。これは感染症予防のために人体に組み込まれた機構ではないかと。さらにそれを乗り越えて飲みこんでも、今度は過剰な鉄分が体に悪いのです」

立て板に水の勢いで喋る蒼に、宗一はゆるりと瞬く。

「なるほど、医学的な話だな」

「はい。それはそれとして、私は宗一さまが必要だというのなら、血は差し上げます」

「……蒼、それは……」

宗一はつぶやき、形良い額に指を当てる。

蒼はきちんとそろえた膝に手を乗せて、そんな宗一の顔をのぞきこんだ。

「可能なら湯飲み一杯ぶんくらいでお願い致します。私、宗一さまよりも長生きして、看病をしなくてはなりませんので」

「……なるほど。完敗だ」

宗一はついに片手で目元を覆い、低くうめく。

蒼に彼の言う勝ち負けはよくわからなかったが、その理由を問う前に目的地が近づいてきた。車夫が弾んだ息を吐きながら、宗一に声をかける。

「旦那さん、このへんかい？」

「ああ……そうだね。不忍池最寄りのプロテスタント教会なら、ここで間違いあるまい」

車夫は宗一の指示した場所に俥を止め、多めの俥代をもらって深く頭を下げる。

蒼と宗一は木々の生い茂った前庭を通り、傾いたような教会へ向かった。

新聞によれば、宗一が吸血鬼だと誤解されたのは、上野で『血を抜かれた痕のある死体』が複数見つかっていたせいだ。現実として宗一は血など吸わない。

ならば、上野で見つかったという『血を抜かれた痕のある死体』とは、一体なんだ？　という疑問が残る。この正体を暴けば自動的に吸血鬼がいないことを証明でき、騒動は収まるのではないか、というのが蒼の考えだ。

（まずは、血を抜かれた痕のある死体を見たという方に、お話を聞くしかないわ。幸い、その方が誰だかは新聞に書いてあった。吸血鬼被害のご遺体を弔ったという牧師さま）

証人の正体がわかり、居場所もわかった。

ここまでは順調だったが、さて、この先には鬼が出るか、蛇が出るか。

蒼はおそるおそる、ごく普通の民家めいた教会の前に立つ。

蒼が達筆の看板を眺めているうちに、宗一は中に声をかけて交渉を始めた。宗一と蒼の身なりが見るからによいせいか、教会担当の牧師のもとへ案内されるのは早い。

「吸血鬼の件は……正直、当教会としても大変迷惑しているところでして」

田崎《たさき》と名乗った若い牧師が難しい顔で言い、細い指で眼鏡を直す。

彼の執務室は本棚にも床にも本や書類が積まれて雑然としていたが、執務机の一角だけはきれいに片付けられているのが印象的だ。

糊《のり》のきいた洋装姿の田崎は、ため息交じりに続けた。

「新聞記者が来たので、ご遺体について気付いたことはすべて話しました。他に言えることは何もないのに、こうしてやってくる物好きの方々が絶えないのです。おかげで、普段の仕事がまったくはかどりませんよ」

田崎はすっかり閉口した様子だ。こう言われてしまうと蒼は少々気圧《けお》されるのだが、宗一は相手の愚痴などどこ吹く風の様子で話しかける。

「ご安心ください。我々はあなたに自分たちの妄想を押しつけようとは致しません。覚えていることをもう一度、少し詳しく教えていただきたいだけなのです。たとえば、あなたが見た吸血の痕。具体的にどういったものだったのでしょうか？」

宗一の口調は丁寧だが、繰り出される質問は田崎が答えることを前提にしていて遠慮がない。こうなると否と言いづらいようで、田崎は声を小さくして答える。

「あまり、思い出したいものでもないのですが……こう、鋭い爪か牙で傷つけられたような痕でしたかね。場所は色々。肩口もあれば、手首に近い場所もありました」

「なるほど。で、傷自体はうじゃうじゃけたものでしたか？　それとも鋭い傷？　傷は、いくつか並んでいましたか？」

宗一はさらに具体的な質問をしていく。田崎はうろたえながらも、宗一に導かれて記憶をひもといていった。

「どうだったかな……。ええと、化膿《かのう》しているものもありましたが、基本的には鋭い傷だった、かな。だから、牙というよりは爪だろう、と思った覚えがあります。一本のことはなかったです。数本並んでいた。等間隔だった気もする……」

「ならば、牙よりも爪かもしれませんね。ちなみに、傷はあちこちにあったのですか？」

「ひとりにつき、場所は一カ所か二カ所だと思います。何せ何人か見ましたから、正確な記憶ではありませんけど」

「何件か、十何件か？　それとも、何十件？」

「いやいや、そこまで多くはありません。おかしいな、と思っただけで見逃したものもあるかもしれないが、具体的に覚えているのは、そうだな……三件、かな」

（宗一さま、すごい。気乗りしていない田崎さんから、こんなにもなめらかに情報を聞き出すなんて）

　蒼はこっそりと舌を巻きつつ、田崎の話す吸血の痕について思いをはせた。

　田崎と宗一は、犠牲者たちは何者かの爪で切り裂かれたと思っているらしい。

　しかし傷はひとりにつき大体一カ所か二カ所。熊などに引き裂かれた死体はもっと傷だらけのうえ、捕食されて原形を留《とど》めていないこともあるという。

（捕食のためではなく、遊びで襲ってくる獣がいたのかしら？　それとも……）

蒼は何かのヒントを探して執務室を見渡した。

小さな部屋の壁はほとんど本棚で埋まり、空いている壁は執務机の背後だけだ。

そこには何枚かの精密なペン画がかかっていて、蒼はふっと魅入られそうになった。

ペン画に描かれているものは、些細な日常の一コマ、野に咲く花や、教会の外観、弁当箱などだが、どれも描いてある以上のことが伝わってくるようで、惹《ひ》きつけられる。

花ならば花を揺らす風が、教会ならば教会を照らす夕日が、弁当箱なら、それを作った者の温かな気持ちが、ただのペン画から伝わってくるようなのだ。

（すごい。色もついていないのに、こんなにもたくさんのことが、流れこんでくる）

蒼がそれに見入っている間にも、宗一と田崎は話を進める。

「それにしても、吸血鬼というお話が田崎さんから出てきたというのは意外でした。田崎さんはプロテスタントでしょう？　超常的な奇跡や、悪魔の存在は否定されているのではありませんか」

試すような宗一の台詞に、田崎は少々ムキになって答えた。

「わたしから言い出した話ではありません！　今回は、信徒の子どもが『吸血鬼を見つけた』と強硬に言い張ったものですから、無碍にも出来ず話を聞いたのです」

「なるほど、信徒の子どもさんですか」

宗一は言い、ふと唇に笑みを含む。

そんな宗一の顔をまじまじと見つめ、ふと、田崎は戸惑った顔になった。

「ええ……しかし……失礼。こうして改めて拝見すると、あなたは……」

「新聞に載った吸血鬼に、似ていますか？」

宗一が穏やかに聞き、田崎が口ごもる。

その瞬間、蒼の頭の中で何かがぱちぱちっと弾《はじ》けた。

急激に田崎と宗一の声が遠くなり、逆に壁の絵がぐいぐいと前に出て主張してくる。

絵に描かれているもの。花の咲く道を歩き、しゃがみこんではスケッチをしていると、先を行く誰かに名を呼ばれる。はっとして顔を上げ、誰かに駆け寄る。その手にすがりつき、手に手をとって先へ行く。視線の先にあるのは、教会——。

蒼は、ぎゅっと自分の手を握りしめると、田崎に向かって叫んだ。

「その少年に、会わせてください！」

「なんですか？　少年？」

急なことに、田崎は面食らっている。

蒼は気にせず続けた。

「はい。今回の吸血鬼騒動の発端。この教会の信徒のご子息であり、ご遺体の傷を『吸血鬼の吸血の痕』だと言い、不忍池で吸血鬼を目撃し、細密画を描いた少年のことです。その方が、新聞に吸血鬼の一件を売りこんだのでしょう？」

◇

「竹三《たけぞう》さん。竹三さんは、いらっしゃいますか？」

蒼の呼び声が、礼拝堂に響き渡る。

外観からは普通の民家に見えた教会だが、回廊で繋がった礼拝堂は二階まで吹き抜けの広々とした空間だった。窓には素朴なステンドグラスがはめられ、信徒席に七色の光を落としている。

続いて入ってきた宗一が、がらんとした礼拝堂を見渡して言う。

「本当にここにいるのかね？」

「わかりませんが、お母さまが亡くなってからは教会で面倒を見ているとのことですから。遠くへは行っていないのではないでしょうか……っとと」

蒼は高い天井を見上げながら歩いたせいで、信徒席の木の椅子にぶつかった。

大きくよろけたところを、すかさず宗一が抱き留める。

「気をつけて、わたしの奥方」

「ごめんなさい……宗一さまは」

宗一さまは大丈夫ですか、と言おうとしたとき。

信徒席からぱっと飛び出してくる影があった。

「……！」

蒼が、はっとして影のほうを見る。

影は、突進してくる。

宗一は蒼を支え、蒼は宗一に支えられている。ふたりとも素早く避けられない。

（ぶつかる）

蒼は焦った。が、宗一が素早く足もとの椅子を蹴る。

木製椅子が影のほうへと滑り、小柄な影は椅子に突っかかって転倒した。

「い、て、てててて……」

顔を両手で覆ってうめくのは、粗末な着物をきちんと着た少年だった。

「だ、大丈夫ですか⁉」

蒼が大急ぎで駆け寄ってみれば、少年はぎろりと蒼を見上げる。年のころは十歳くらいだろうか。鼻からは、真っ赤な血がたらりと垂れている。

(間違いない。不忍池で、私たちを見ていた少年だ)

「寄るなっ、お前も吸血鬼の仲間だろ⁉」

少年は蒼を見て床をあとずさるが、蒼はけが人を前にすると遠慮がなくなる。自分もためらいなく床に這《は》いつくばり、少年ににじり寄る。

「申し訳ございません、気持ちが悪いとは思いますが、私は吸血鬼ではなくサトリですし、ただの医学生です。血を吸うより、血を止めようとしております！」

「さ、サトリ……？」

意外な台詞と、長身の美人ににじり寄られたのが衝撃だったのだろう。少年は目を白黒させて硬直する。蒼はこれ幸い、とばかりに彼の鼻の上のほうをつまんだ。

「鼻血は毛細血管が切れたことによって起こります。こうしていれば、すぐに塞がりますから、しばらくおとなしくしていただけますか？」

「いや……俺……」

すっかり毒気を抜かれた様子の少年の横に、宗一がしゃがみこむ。

彼は少し意地悪な笑みを浮かべて、少年に語りかけた。

「君が、来宮《きのみや》竹三くんだね？」

宗一の顔を見ると、竹三は再び顔を険しくする。

「……牧師さまに何をした、吸血鬼」

「紳士的に話を聞いただけだよ。竹三くん。田崎牧師ではなく、君が、不忍池でわたしたちを見て吸血鬼の話を作り、新聞に売ったんだね？」

宗一はどちらかというと、面白そうに聞く。

しかし竹三は宗一に責められたと感じたのだろう、必死の勢いでまくしたてた。

「俺は話を作ってない！　全部ほんとのことだ！　あんたたちは吸血鬼で、俺の、母ちゃんの仇《かたき》だ‼」

母のことが竹三の口から出ると、宗一はわずかに目を細める。

竹三の目も殺気立っていた……が、先ほどから蒼に鼻をつままれたままなので、どうにも迫力に欠けるのは仕方なかった。

蒼は断固として竹三の鼻を離さないまま、悲しく瞬く。

「竹三さん……」

「なんだよ！　きゅ、吸血鬼の仲間のくせにっ……母ちゃんみたいな声出すな！」

叫びながらも、竹三の目はわずかに潤む。

そんな竹三の頬に、額に、ぽつ、ぽつと、温かなものが当たった。

「え？」

竹三はびっくりして目を瞠《みは》る。

彼の上に落ちてきたのは、涙であった。

くしゃりと歪《ゆが》んだ蒼の顔から、涙がぽつぽつと降っている。

「つらかったでしょう。あなたは、お母さまが大好きだった。お母さまも、竹三さんをとても大切にしていて……」

涙ながらに言う蒼に、竹三はうろたえていた。が、それでもどうにか険しい顔を取り戻し、蒼に向かって叫ぶ。

「あんたに何がわかる！　俺のことも、母ちゃんのことも知らないのに！」

「はい。知りません。まったく、知りません。でも……絵を、見ました」

「絵？」

きょとんとする竹三に何度もうなずきかけ、蒼は続ける。

「牧師さまの執務室に飾ってあった三枚の小さな絵です。どれも素晴らしい出来で、絵を描くために使われたであろうインクも、ペンも、牧師さまの執務室にありました。でも、牧師さまのお袖にはインク跡はみじんもなかった……ゆえに絵を描いたのは、ここに通っている別の人物だと思ったのです」

牧師の執務室は雑然としていたが、インクとペンが用意された場所だけはきちんと整頓されていた。それを見た蒼は、ここには牧師以外の誰かが通っており、絵を描いているのだろうと見当をつけた。

その人物がどんな特徴を持っているかは、描かれた絵を見ればわかる。

「その人物の絵は、どれも目線が大人より低いところにありました。子どもの描いた絵です。弁当箱の脇に置かれた帽子から、弁当箱の持ち主は少年であろうと見当がつきました。少年はお母さまと共に弁当を持って教会に通っていた。そして――」

そこまで言うと、蒼は言葉に詰まってしまった。

竹三の絵から竹三が信徒の息子であろうと推測したとき、蒼にはその後も想像ができてしまった。絵に描かれた日常の、その後。

心温まる絵の中にあった世界は、母の死によって砕け散ってしまった。

絵の中に父親の気配はなかった。おそらくは母子家庭なのであろう。少年の唯一の肉親であった母は死に、棺桶《かんおけ》の中に安置される。花が、あの、道ばたに咲いていた花が、母と共に眺め、スケッチした花が摘まれて、棺桶の中に落とされる。

花にうずもれた母の首筋には、怪しげな傷痕がある。

少年はそれを見つめる。ひたすらにじっと見つめる。

傷痕は、少年が噂話《うわさばなし》に聞いた吸血鬼の話と結びつく。

――母の仇は、吸血鬼だ。

少年は確信する。瞳に怒りを燃やしながら、教会に潜む。

そして、出会ってしまう。不忍池にたたずむインヴァネス・コートの紳士と、彼に抱かれた女に。

蒼は惜しげもなく涙をこぼしながら続ける。

「……三枚の画は、新聞に載っていた吸血鬼の画と筆致が完全に同じでした。そう言うと、田崎さまはあなたのことをすべて教えてくださいました。あなたは、母を亡くして以降吸血鬼という存在に囚われている。怪しげな新聞に事件を売り込んでしまったため、自分も付き合って証言をしたが、これ以上はいけない。一刻も早く我に返ってほしいと……」

「俺……俺……」

竹三はまだ何かを言おうとしたが、結局言葉にすることはできなかった。徐々に顔がくしゃくしゃになり、ついに堰《せき》を切ったように泣き出した。

「ううっ、えぐ……なんなんだよぉ……お前も、吸血鬼はいねえとか言うのかよぉ……」

「竹三さん……」

竹三は歯を食いしばり、両手をぎゅうっと握りこぶしにして、蒼を睨《にら》んで叫び続ける。

「騙《だま》されねえ。騙されねえからな……！　吸血鬼がいなかったら、母ちゃんは、なんで死んだんだ？　母ちゃんは、いい母ちゃんだった！　もっと悪い奴はいっぱいいた！　なのに、あんな傷つけて、死んで……なんで、神さまは、ほっとくんだよお！」

すがるような叫びだった。

（この子は、悲しみに耐えるために、吸血鬼の幻想にすがっている）

竹三の叫びがじわじわと胸に迫ってきて、蒼は涙の残る目を細める。

彼の気持ちがわかる気がした。

大切なひとをなくし、この世界のどこにも寄る辺ないような気持ち。

仕方がない、しょうがないとは思いつつ、それでも、何かにすがりたくなる気持ち。

一番つらいときの蒼には、栞の君がいて、本があった。

そのふたつにすがって、すがり続けて、救われた。

でも、この子にあるのは、吸血鬼の幻想だけ。

蒼は軽く唇を噛《か》んだのち、口を開いた。

「大丈夫です、竹三さん。私は吸血鬼ではないけれど……探しますから」

「なに……？　さがすって……」

竹三が、涙と、まだうっすら流れる鼻血で汚れた顔を上げる。

その目を真っ向から見つめて、蒼は告げる。

「吸血鬼です。私は、必ずあなたの吸血鬼を探します。そのために、手を貸してくださいませんか？」

瞳はまだ涙に濡《ぬ》れているものの、蒼の言葉ははっきりとしている。

竹三は目を丸くして、蒼の顔を見上げた。

その目にすうっと生気が戻るのを、蒼の瞳は見落とさなかった。

◇

ステンドグラスの外に闇が落ちたころ、宗一と蒼は竹三の手を引いて、田崎の執務室へと戻った。田崎は心配そうに三人を迎える。

「……どうです？　竹三は、吸血鬼の話を諦めましたか？」

「少なくとも、わたしたちが吸血鬼でないことはわかってくれたようだよ」

宗一は穏やかに言うが、竹三はじろりと彼を見上げた。

「お前のことは、まだ信じてないけどな」

「おや、わたしはそんなに化け物じみているか。光栄だな」

「何が光栄だよ！　余裕すぎ、むかつく！」

竹三はむうっと膨れ、田崎は神経質に眼鏡をいじりながら焦る。

「こら、竹三。もう少し遠慮というものを覚えなさい！」

「だ、大丈夫です。田崎さま。これは懐いているんですよ。ハチクマも、手品団に来たころはこんな感じでしたから」

慌てて蒼が割りこむと、竹三は今度はじろりと蒼を見上げた。

「手品団？　あんた、手品団の女？」

「こら、失礼だぞ、竹三！」

田崎が父親のような口調で叱りつけると、竹三は口をへの字にして黙りこんだ。

蒼はいったん胸をなで下ろし、田崎に頭を下げる。

「竹三さんとは色々とお話をさせていただきました。相談の末、私たち、竹三さんの吸血鬼探しのお手伝いをすることにいたしました」

「……いやいや、待ってください。まさか、あなた方まで、吸血鬼なんてものが実在すると思っておられるんですか？」

田崎は一気に難しい顔になるが、蒼は退かなかった。

竹三の手をぎゅっと握り直して言う。

「吸血鬼が実在するかはわかりません。けれど、確かに吸血痕のある死体はあったのです。奇妙な死体があったからには、そうなる原因もあったのです。怪異、呪いの類いは、そのまま放置してしまっては後を引きます。最新医学を志す者としても、原因は究明しなくてはなりません」

熱を込めて語りながら、蒼は心のどこかである本の一節を思い出していた。

青い表紙をつけられた、和綴じの本。

呪いとして処理されてきた病について書かれた、蒼の父が書いた本。

（お父さまも、こんな気持ちだったのかしら。医師として呪いを祓《はら》うために、未知の病と闘っていたのかしら）

田崎はまだ渋い顔をしていたが、蒼の意図は伝わったらしい。

「ははあ……紛らわしい言い方ですが、つまりは、医学的に原因究明をするということですね？」

物語は、二度、進化する。
第30回電撃小説大賞
《大賞》受賞作！
『竜胆の乙女 わたしの中で永久に光る』
著者／fudaraku　イラスト／はむメロン
毎月25日頃発売
メディアワークス文庫
HeadLine
Volume.
171
2024.02.24
https://mwbunko.com/
メディアワークス文庫公式X(旧Twitter)@mwbunko

お仕事　泣ける　ハラハラ

現役医師が描く
感動の医療ドラマ、第二弾!

君は医者になれない2

膠原病内科医・漆原光莉と鳥かごの少女

午《ご》鳥《どり》志《し》季《き》　イラスト／BALANCE
●定価748円(税込)

膠原病内科医・漆原光莉の指導を受け医師を目指す医学生・戸島。患者の人生までも"診る"漆原の元を訪れたのは、娘の病気を早く治したい母親と心を閉ざした車椅子の少女だった。すれ違う母娘を漆原達は救えるのか?

恋愛　ときめき　ハラハラ

特別な目を持つ少女×病を抱えた旦那様の
明治シンデレラロマンス第2巻。

サトリの花嫁2

〜旦那様と私の帝都謎解き診療録〜

栗《くり》原《はら》ちひろ　イラスト／萩谷 薫
●定価792円(税込)

城ヶ崎家に嫁ぎ一年。蒼は医学校で学びながら宗一の看護を務め、夫婦の時間も重ねている。初めての誕生祝い、帝都を騒がす噂の調査に、雪の温泉旅行。少しずつ愛が深まりゆくなか、宗一の病の真相が「視え」始める——!

メディアワークス文庫　2月の新刊

竜《りん》胆《どう》の乙女
わたしの中で永久に光る

第30回電撃小説大賞
大賞
受賞作

「驚愕の一行」を経て、
光り輝く異形の物語。

ファンタジー　衝撃　泣ける　受賞作

fudaraku《ふだらく》
イラスト／はむメロン
●定価748円(税込)

明治も終わりの頃である。「おかとどき」という怪異をもてなす「竜胆」を襲名した菖子は、初めての宴の夜を迎える。おかとときを悦ばせるための悪夢のような「遊び」の数々。怖いけど目を逸らせない魅惑的な地獄遊戯と、驚くべき物語の真実――。

ドラマCD付き特装版
予約締切迫る!!
2/29（木）
※発売日に確実にご購入いただくための締め切りとなります。
※同梱される書籍は通常版と同一になります。
5月24日発売
境界のメロディ
著／宮田俊哉
イラスト／LAM
特設サイトにて最新情報更新中!!

2024年3月23日発売の新刊

リア古書堂の事件手帖Ⅳ　～扉子たちと継がれる道～

延《えん》

戦時中、川端康成ら鎌倉の文士達が立ち上げた貸本屋「鎌倉文庫」。千冊あったといわれる蔵書も、発見されたのはわずか数冊。では残りはどこへ？　扉子、栞子、智恵子の３人が時代を跨ぎ、ある文豪の古書に纏わる謎に挑む。

て望まれない番《つがい》ですから１

瀬《せ》七《なな》喜《き》

竜族の第三王子の番（つがい）に選ばれ、結婚相手として迎えられた人間の娘・アデリエーヌ。しかし長命で崇高な竜族から冷遇された彼女は、不慮の死を遂げた。それから二百五十年後、転生した彼女宛に竜族から招待状が届き……。

狼王と白銀の贄姫１　辺境の地で最愛を育む

未来《みらい》

押しかけ花嫁騒動がひと段落した翌春。エデルはひょんなことから結婚後の記憶を失ってしまう。愛するオルティウスとの記憶を喪失したエデルに困難がふりかかり——。運命の愛を取り戻すシンデレラロマンス、新シリーズ第１巻!

えない王女の格差婚事情２

由希《ゆき》

兄の窮状を知り、戻らない覚悟で城から抜け出したソフィーナは、二人の従者と共に一路自国へ向かう。残されたフェルドリックは彼女の身を案じていた。想いを知らないままの二人は、それぞれの地で互いを思い出すが——。

ーシャルワーカー・二ノ瀬丞の報告書

井 賢《けん》

K町社会福祉協議会でソーシャルワーカーとして働く二ノ瀬丞の仕事は、困り事を抱えた人に寄り添い、手助けをし、ほんの少しでも誰かの世界を良くすること。この社協には日々、様々な相談が寄せられるのだが——。

ne.171　2024年2月24日発行
株式会社KADOKAWA
メディアワークス文庫編集部　〒102-8177　東京都千代田区富士見2-13-3
各定価・予価は、2024年2月現在のものです。
年10月以降、消費税の改定に伴い、消費税（10%）をご負担いただきます。　https://mwbunko.com/

軍神の花嫁2

大好評！続々重版のシンデレラロマンス、第2巻。

恋愛 ときめき 切ない コミック化

水《すい》芙《ふ》蓉《よう》 イラスト／セカイメグル
●定価803円（税込）

国を護る「破魔の剣」、その鞘となること。そのために軍神カイと結ばれたサクラが、様々な試練を共に乗り越え二人で過ごす幸せな日々も束の間。剣がサクラの元に戻らなくなり――。小説投稿サイトで熱狂的支持を得た外伝『天使の堕ちる夜』も併録。

恋愛 ときめき ハラハラ

今世はひっそり生きよう
最強の騎士王様に求婚

私はただ
侍女です

ひっそり暮らしたいのに、
騎士王様が逃がしてくれ

日《ひ》之《の》影《かげ》ソラ イラスト／
●定価

魔法使いの一族ながら魔法の才を持
いた令嬢・イレイナの正体は、古の女王
の魔法使いだった。平穏な日々のため能
美貌の騎士・アスノトに見初められたこと

恋愛 ときめき 癒やし

わけあり契約婚夫婦が織り
波乱と癒しの新婚ラブファ

辺境領主令
白い結婚

藍《あい》野《の》ナナカ イラスト／
●定価770

辺境領主令嬢のオルテンシアは命を狙う王
第二王子と契約結婚することに。形だけの夫
辺境領独自の動植物に目を輝かせる殿下と
送るうちにオルテンシアに恋心が芽生えてしま

ビブ
三《み》上《かみ》

だ
一《いち》

黒
高《たか》

冴
戸《と》

ソ
吹《ふく》

Volu
発行
編集
※記事
※20

「はい。そのために今一度、竹三さんに画材を貸していただきたいのですが」

「画材？　まあ、それくらいなら構いませんが……」

田崎が執務机にペンと西洋紙を用意する。

竹三は神妙な顔で部屋の隅から椅子を引っ張ってきて、着物の袖をまくった。そうしてあらわになった彼の腕と手には、洗い流し切れていないインクの跡が見える。

竹三は慣れた所作でペンを構え、真剣な顔で蒼を見上げた。

「で？　何を描いたら、吸血鬼の正体がわかるんだ？」

「傷です」

蒼は即答した。

竹三の描写力は確かなものだが、もうひとつ蒼が注目したのは彼の記憶力である。

不忍池で蒼たちを見かけたとき、竹三はすぐに自転車で走り去っている。もちろん、スケッチする暇などなかったはずだ。それなのにあれだけの絵を描き上げているのだから、彼の頭には活動写真みたいな形で記憶が収納されているはずなのだ。

「竹三さんには、お母さまにあったという、吸血鬼の噛み痕を描いていただきます。竹三さんの絵と私の目があれば、それがいかなる傷か、様々な情報が読み取れるはず。亡くなったお母さまの記憶を呼び覚ますのは、つらいかもしれませんが……」

蒼がふと不安になって竹三を見ると、宗一が横から静かに言う。

「できるよ。彼はやる。そうだろう?」

竹三は宗一をぎろりと睨み上げたが、その目には誇りじみたものがあった。

竹三はペンを握り直し、きっぱりと言う。

「当たり前じゃねえか。見てろ、俺の仇討ち」

言い終えるのとほとんど同時に、竹三のペンが走り始める。

小さな金属のペン先が紙の上を滑り、なめらかな曲線を生む。続いてかさかさと心地よい音を立て、細やかな陰影が描き込まれていった。まるで脳内にある映像をそのまま出力しているかのような、恐ろしいまでの正確さだ。

迷わないペン先から、しなやかな女の姿が生まれる。長い髪が布団にこぼれている。柔らかな肌には張りがない。投げ出された指先には力が無い。この女は死んでいる。死んだ女が、布団の上で着物をはだけて、裸の背中をさらしている。

ああ、それなのに、どうしてか、女の目だけは。

閉じられたまぶただけは、今にも開きそうに描かれている。

まるで、眠っているだけみたいに。

(夢だわ。竹三さんの、夢)

竹三の記憶に、竹三の願望が混入しているのがわかって、蒼は目の奥が熱くなるのを感じた。竹三は母の死を見た。母の死を知っているのと同じ温度で、信じたくないと思っている。竹三は目覚めてほしいと思っている。死んでしまった、母に……。

「…………っ」

蒼はきゅっと唇を噛み、心を引き締め直す。

同情しているだけでは竹三を救えない。吸血鬼を見つけて、竹三に、仇を討たせるのだ。母の死の真相を贈るのだ。自分には、それしかできない。

それが、できる。

蒼は瞳に力を込める。

ほとんど同時に、竹三の絵に傷が描き込まれる。

死んだ女の背中に刻まれた傷。蒼の妄想とは別の場所についた、傷。

その周囲の引き攣れ。皮膚の歪み。一番新しい傷の傍に見える、もっと古い傷。

どっ、と、情報が蒼の目に飛びこんでくる。

傷。傷。傷だ。蒼はこの傷を他でも見たことがある。

唐突に頭を下げて、髪をかき分けられて見せられた、男の頭。髪の生え際の生々しさ。引き攣れた皮膚。きらめき。金属の、きらめき。資料室。ガラス戸の奥に安置された、奇っ怪な装置。刺すような鋭い痛み。消毒薬のにおい。白衣。磨き上げられた床にこぼれる、赤い血。点々と落ちる血は、砂浜に続いていく。

血。血だ。風が吹いてくる。温かな軒先に吹く風。

子どもと老人が座っている。老人の手に、きらめきがある。

同じ、きらめきが。

「……わかりました」

蒼は呆然《ぼうぜん》と、遠くを見つめて立ち尽くす。

その傍らに宗一が寄り添い、そっと声をかけた。

「何が見えたのか、教えてもらえるかい？」

蒼はまだしばらくぼうっとしていたが、ふと目を瞠って我に返った。

「病院です。この辺りの病院を、しらみつぶしに当たりましょう！　いいえ、違う、竹三さんのお母さまが通っていた病院を調べればいいんだわ」

「どういうことだね？　吸血鬼が、病院にいるということか？」

宗一は蒼の腕をそっとさすって心を落ち着かせようとしてくるが、蒼の心はどこまでも逸《はや》っている。早く、一刻も早くここを飛び出し、周囲の病院に駆けこみたかった。

そこには、あれがあるはずだ。

あの、きらめきが。

◇

「困ったねえ。当院は、医学生の見学は、受け入れてはいないんだよ」

「存じ上げております！　ご無理を承知でお願いしました。それをこうして寛大に受け入れてくださるとは、さすがは河台《こうだい》先生です！」

まばゆいばかりの笑顔で叫んだのは、在澤医師だ。

蒼は在澤の背後にたたずみ、周囲をくまなく観察していた。

蒼と宗一は竹三や田崎牧師の手を借り、竹三の母が通っていた医院を洗い出した。

教会近くの河台医院は、院長である河台の家の離れを使った小さな医院である。

竹三は、

『直接話を聞こうぜ！』

といきり立ったが、そこは蒼が必死になだめた。

（相手はお医者さま。竹三さんが、いきなり吸血鬼だなんだと指摘しても、上手くいくわけがないわ）

そう思った蒼は医学校へ戻り、包み隠さず在澤に相談をしたのだ。

勘のいい在澤は蒼の思惑をすぐに呑みこみ、『蒼が技術を見学したがっている』という名目で、河台医院に乗りこんでくれたのである。

河台医院の院長であり、この医院唯一の医師である河台は、年の頃は七十をゆうに越していそうな老人だった。うっすらと残った頭髪も、ひょろりと伸びた山羊髭《やぎひげ》も真っ白で、瞳はどこか遠くを見ている。医師というより仙人と言った方がよさそうな容貌だ。

医師はツタの這う日本家屋を改造した診察室の木製回転椅子に座り、老眼鏡を何度も角度調整しながら言う。

「まあ、最近暇だから構わんがねえ。しかし君たち、若いのにあれに興味があるとは珍しいな。ここみたいな医院を開きたいのかね？　学生さん」

河台の視線が自分のほうを向いたことに気付き、蒼は深々と頭を下げる。

「城ヶ崎蒼と申します。河台先生の行われている治療は、医学校付属の医院では行っておりません。是非とも実践しているお医者さまのお話を聞けたらと思いまして」

「ふむ。つまり、時代遅れの治療を、時代遅れの医者のところに見に来たということか。なるほど、なるほど」

「いえいえ先生、こういうのは伝統的とか、歴史的とか言うのが正しいでしょう。生きた資料です。大事ですよ」

在澤はにこにこと余計なことを言うが、河台は気にした様子もない。

「お世辞はいいから、見にいらっしゃい」

きしむ椅子から立ち上がり、よろめきながら奥へと向かった。

河台医院の間取りは、玄関土間を改造した待合室と六畳程度の診察室が縦に連なり、その奥にさらに障子で仕切られた部屋が続いているという細長いものだ。

診察室の障子を開けて奥へ進んだ、ここが処置室なのだろう。

きしむ板の間に簡素な医療用寝台が二台置かれ、壁際にはガラスのはまった医療道具用の棚が据えられている。さらに床には、棚からはみ出た様々な道具——消毒用のホーローの盥《たらい》やら、医薬品の空き瓶やらがずらりと並んでいた。

「それ、そこにある」

河台が指さした先、ガラス張りの棚の中に鎮座していたのは、銀色の小箱である。

箱の上にはレバーが突き出ており、下側に何枚もの刃がついているはずだ。

このレバーを押すと刃が飛び出し、ひとの体を傷つける。

（瀉血器《しやけつき》）

想像だけで、ぞわりと背筋が冷たくなる。

現役で使われているこの器具を、蒼は初めて見た。

瀉血とは、その名の通り、患者から血を抜く治療法である。

蒼が読んだ本によれば、古くは古代埃及《エジプト》まで遡る医療行為だ。近世欧羅巴《ヨーロッパ》ではありとあらゆる病気に瀉血が効くとされ、悪性の風邪から失恋の気鬱まで、あらゆる症例に瀉血が使われた。

竹三の描いた吸血鬼の傷は、蒼から見ると明らかに獣のつけた傷ではなかった。ずらりと並んだ、人工的な薄い刃で切り裂かれた傷だと、ひとめでわかった。

あのような浅い傷では、直接ひとを殺すことはできない。せいぜいが出血するのみだ。傷の形状から見ても、昔ながらの瀉血治療でつけられたものだと思われた。

かつては主流の治療法であったという瀉血だが、今は限られた症例にしか使われなくなっている。

なぜか。

血を抜くことの弊害が、世に知れ渡ったからである。

(なんでもかんでも瀉血に頼った時代は、病で弱った体から大量に血を抜いてしまって患者が失血死、衰弱死することも珍しくなかった……本にはそう書いてあったわ)

蒼はいつの間にか口の中が乾いているのに気付き、己の唇をそっと湿した。

河台は穏やかな顔でガラス戸の奥を見つめ、ごく当たり前のように語り出す。

「見た目はまがまがしいねぇ。だが、これが効くんだ。血行がよくなって肩こりが取れたり、ずっと曇っていた心が晴れたりする」

「心が晴れる？　瀉血というのは、心にも効くのですか？」

蒼の問いに、河台は何度かうんうんとうなずいた。

「これがねぇ、効くんだよ。血圧の変化のせいか、傷を治そうと体が奮起するせいか、多血症が解消されるせいかはわからんがねぇ。確かなのは、実際、瀉血をした後に、患者が晴れ晴れとした顔でここを出て行くことだ。……わたしは、あの顔が好きでね」

最後はことさら穏やかに言い、河台は目を細めた。

どこか懐かしそうに、河台は続ける。

「気持ちの問題だとかなんとかで通ってくる者も、何人もいる。血と一緒に、悪心が抜けるんだそうだ」

「………………！」

蒼は、はっとして河台の顔を見直す。

（悪心が抜けるという評判があったのなら、おそらくは、教会の方々も）

竹三が目の前で描いてくれた、母の絵。

あの女性は、他の信徒から話を聞いてここにきたのかもしれない。女手ひとつで子どもを育てる重責を背負い、疲労に腰を曲げながら、藁《わら》にでもすがるような気持ちでここへ来たのかも。

蒼が考えこんでいる横で、在澤はハキハキと質問をする。

「なるほど、興味深いお話です！　血を抜いた後の処置は、どのようにするのが適切なのでしょう？　患者によっては貧血になるということはありませんか？」

河台はうなずき、さらに奥の部屋の障子を開けた。

そこは薄暗い畳の部屋で、隅にはついたてと、きちんと畳まれた布団が何組か積まれている。

「そういうときのために、ほれ、この部屋がある。治療のあとは、そこでちょっと寝ていって構わんのだよ」

「入ってみても、構いませんか？」

蒼が訊《たず》ねると、河台は事もなげにうなずいた。

「面白いものは何もないが、構わんよ」

「ありがとうございます」

　蒼は深々と頭を下げて、畳にあがる。そうしてくまなく畳を調べているうちに、河台はのんびりと在澤に声をかけた。

「いやあ、しかし、西洋医学にも女医が生まれるというのは、いいことだねえ」

「そう思われますか、河台先生も！」

「そりゃあそうだ。あくまでわたしの意見ではあるが、男と女では体が違うのだから、女の体は女の医者のほうが得意なんじゃないのかねえ。体力がないとかなんとか言うなら、このおいぼれも、明日には目覚めないかもしれんのだから」

　河台の声はどこか悲しげに響くが、返す在澤の声は元気そのものだ。

「あはは、なるほど！　いやはや、その通りです！」

「あはは……って、君、変わっとるなあ……」

　河台が失笑したとき、蒼は病室から戻ってきた。

「河台先生」

　このうえなく真剣な面持ちの蒼に、河台は目を細めた。

「うん、どうしたね？　ええと……城《じょう》ノ内《うち》くんだったかな」

「城ケ崎です。この度は、瀉血器を見せていただき、誠にありがとうございました。

僭越《せんえつ》ながら、先生の治療で救われた方は数多いと思います」

蒼は深く頭を下げて、真剣に切り出す。

河台はそんな蒼をぼうっと眺めていたが、やがてうっすらと微笑んだ。

「嬉しいねえ。嬉しいが、含みがあるなぁ」

「…………」

図星を突かれた気分で、蒼は一瞬言葉をなくす。

目の前の医師はサトリではないが、自分とは比べものにならないほどの人生経験を積んだひとだ。蒼の言葉に含みがあることにピンときたのだろう。

「どうした？　思ったことを言っていいよ、城ヶ崎くん」

どこか諦めを含んだような河台の声音に、蒼は再び深々と頭を下げて言った。

「お言葉に甘えさせていただきます。河台先生。目のお医者さまにかかられてくださ
い」

「……ほう」

河台が緩やかに瞬く。

蒼はわずかに顔を上げ、一気にまくしたてた。

「先生の目には、ほんのわずかですが白内障の兆候がございます。あうべきところに

目の焦点があっておらず、老眼鏡をお使いですが細かな文字を読むのに苦労していらっしゃるご様子。特にこのような暗がりでは、ほとんど見えていらっしゃらないのでは？」

河台はすぐには答えず、何度か自分の山羊髭を撫でる。

やがて、河台は蒼にたずねた。

「ひょっとして、そこに、その部屋に、何かあったのかね？」

蒼は腹に力をこめ、一度唇をきゅっと嚙む。そして、覚悟を決めて頭を下げた。

その拍子に、つん、と異臭が鼻を突く。

蒼は、囁く。

「血が、ございました」

河台はわずかに目を瞠る。

「血だって？」

在澤は素っ頓狂な声を出し、蒼の横から無遠慮に病室をのぞきこんだ。

蒼は、在澤の表情が変わるのを視界の端に収めながら、じっと耐えて立っている。

河台医院の病室には、血の跡が点々と残っていたのだ。

畳にしみこんだ血は拭き取られることなく、静かに異臭を放っている。

河台の目では、薄暗い室内の血痕を見て取ることは不可能だったのであろう。だが、臭いにまで気付かなかったというのなら、河台にはもはや医師として、ひとりで仕事を切り盛りするだけの能力がない。

在澤もすぐに顔をゆがめ、振り返ってまくしたてた。

「先生、これはまずいですよ！　まるで怪談か殺人現場、もしくは吸血鬼の住み処《か》かっていうほど血痕がある。一体どうなさったんです、これは？」

「どう……？　いや、多分、患者の血だろう。最近、看護婦が来ることもめっきり減って……そんなことは、まったく……気付かなかった……な……」

河台はそこまで言って、かけていた老眼鏡をゆっくりと外し、力なく笑う。

「そうか。……そろそろ、自分を資料棚に入れたほうがいい頃合いなんだな」

◇

「それにしても、医学の大先輩が吸血鬼とはねえ……」

城ヶ崎家の自動車の後部座席で、在澤が珍しく間延びした声を出す。

河台医院を出た在澤と蒼は、車で待っていた宗一と榊《さかき》に合流し、後部座席に乗りこんだ。軽快なエンジン音を鳴らしながら走って行く米国製の乗り物に揺られながら、蒼は在澤の顔を見上げた。

怒と哀が足りないと思っていた在澤だが、今の無表情は少しだけ愁いを帯びて見える。

「色々と考えてしまいますね」

蒼の言葉に、在澤は大きくうなずく。

「医者に定年はない。河台先生だって悪気はなかったのだろうが、老いには勝てなかったということだ。あの病室を見ると、他の場面でも、まともな衛生管理はできていなかっただろうしなあ」

「そうですね……。牧師さまに聞いたかぎりでは、竹三さんのお母さまの死因は風邪をこじらせた果ての肺炎とのことでした。直接的に瀉血治療と関係はないとは思います。ですが、河台先生の治療が体力低下などをもたらした可能性も否定はできません」

言葉を重ねながら、蒼は河台医院で見たものを思い出している。

異様だったのは、病室だけではない。棚に収められていた瀉血器にはわずかな錆《さび》が浮いていた。きちんと毎回洗い清め、消毒し、乾かしていれば浮かぶはずもないものが。

「しかし蒼くん。後学のために聞いておきたいんだが、今回はいつ、瀉血が吸血鬼の正体だと気付いたんだい？」

「そうですね……」

蒼は少し考えてから、改めて在澤を見つめる。

「はっきりとわかったのは、竹三さんが傷の絵を描いてくださったときです。多分、在澤先生のおかげもありますよ」

「僕のおかげ？　僕はそんな講義を君にしたかな？」

「講義はされておりませんが、傷を見せてくださったではないですか。ここの」

きょとんとする在澤に、蒼は自分の脳天を指さして見せた。

在澤は蒼につられて自分の頭をさぐり、はっと目を見開く。

「ここ……ああ！　気付いていていたのかい⁉」

「はい。気付いてしまいました」

蒼と在澤は、互いに自分の頭を押さえて見つめ合う。

助手席にいた宗一がちらと振り返り、そんなふたりを見て苦笑した。

「一体何に気付いたというんだ。ふたりで頭を突き合わせて」

「やあやあ、城ヶ崎先生。これには訳があるんだよ。発端は、僕が蒼くんに女心の講義をお願いしたことなのだ」

「…………っ」

急に女心講義のことを持ち出され、蒼はとっさに固まってしまう。

自分から宗一に話したことではあるが、在澤から直接言われたら、宗一はどんなふうに感じるのだろう。

蒼がおそるおそる見上げても、宗一は座席の背もたれに肘をひっかけて笑うだけだ。

「なるほど？　一応妻に聞いてはいますよ」

「そうか、それは何より。僕は女心がわからなさすぎてねえ。心労でここに禿げが出来たと言って、君の奥方に相談したんだよ」

はきはきと言いながら、在澤は自分の髪をかき分けた。出現した無毛の箇所をちらと眺め、宗一はつまらなさそうに言う。

「なるほど。確かに無毛だが……心労のせいというより、傷のせいではないですか？　無毛の場所の真ん中に、かなり古い傷があるように見えます」

「あー！　城ヶ崎先生もわかるのか！　城ヶ崎のご夫婦は、ぎょっとするほど目がいいなあ。そう、心労で禿げたというのは嘘《うそ》だったんです。どうしても蒼くんに指導をしてもらいたかったから、同情を引こうと思って」

あっけらかんと言われてしまい、蒼と宗一はそろって言葉をなくしてしまった。

(在澤先生……これは確かに……女心というか、ひとの心が、わかっていないかも……)

蒼が答えられずにいるうちに、宗一がいたずらっぽい口調で言う。

「嘘の話をそこまで堂々とされると、なんとも言えない気分になりますよ、先生」

「あはは、そうですよね。申し訳ない。蒼くんは先生と違って優しいから、同情を惹けばきっと願いを聞いてくれると思ったんです。おっしゃる通り、こいつは心労のせいじゃありません。子どもの頃の、瀉血痕です」

「やっぱり……！」

蒼は軽く目を見開く。

思わず傷をまじまじと見つめてしまう蒼に、在澤は丁寧に説明してくれた。

「蒼くん、見ただけでよくわかったものだね。頭部からの瀉血は僕の生まれた村の風習だ。これをやると子どもが強く育つという言い伝えがあってねえ。僕は頭を切られても大爆笑していたから、豪傑に育つと信じられていた！　実際にはこんなひょろひょろだが」

（瀉血が、風習に……。衛生観念の曖昧な時代に医療従事者以外が行えば、傷が原因の感染症なども起こったはず。結果として、その風習を乗り越えて生き残った子どもが、強い子どもだとされたのかもしれない……）

瀉血だって正しい知識で使えば、効果的なことはあるのだろう。だが、風習となれば安全性はどうしても下がってしまう。

想像するだけで心配で、蒼は小さなため息を吐いた。

「……私、不思議です。どうしてみんな、そんなに血を流したがるのでしょうか」

心の底からの言葉をこぼすと、在澤と宗一はしばし黙りこむ。

先に口を開いたのは、在澤だった。

「やはり、本能的に興奮するんじゃないか？　こう、原初の戦いの記憶なんかが蘇るんだよ。手術のときなんか、蒼くんも興奮しないか？」

「まだ見学をするばかりですから断言はいたしませんが、おそらく、興奮はしません」

「そうか……ま、学生だからな！　君にはまだ早い！」

在澤はうんうんとうなずいているが、多分蒼が在澤の境地にたどり着くことはないような気がする。

一方の宗一は冬の曇天を眺めて思案したのち、蒼に視線を戻した。

「……思うに、血は、心に直結しているものだと思われているから、じゃないか？」

「心に、直結？」

どういう意味だろう、と首をかしげていると、宗一は目を伏せて自分の胸に手を当てて見せる。

「心臓の動きはひとの心に連動しているだろう？　驚いたとき、緊張したとき、心臓は忙しく血を吐く。そして、なだめようとしてもなかなか思うとおりにはならないね？」

「そうですね……。心筋は、随意筋ではございませんので」

大真面目な蒼の返事にくすりと笑い、宗一は目を細めた。

「蒼はそういうとき、どう思う？　胸がどきどきして、どうしようもない気分になって。周りにはひとがいるし、今は抑えなくてはならないと思うのに、できなくて。なんとしてでも、このどきどきを収めたい！　なんて思うときはない？」

（どうしようもない胸の高鳴り……それなら、私にも、ある）

宗一の言葉を真剣に聞いているうちに、蒼はまざまざと過去を思い出した。

抑えなくては、なかったものにしなくては。そう言い聞かせながら心臓に手を当てていたことなら、蒼にもある。

それは、宗一への恋心に戸惑っていたときのことだ。

こんな素晴らしいひとに恋してはいけない気がした。彼の気持ちは自分の上にないのだから、自分も抑えなくてはいけない気がした。

でも、今は違う。

そう思うと、今も蒼の心臓はつられるように高鳴り始めてしまう。同時に頬も赤くなっていくのがわかり、蒼は自然と『鎮まって』と自分の心臓に語りかける。

「……あります」

赤い顔を見られるのが恥ずかしくて、蒼はうつむきかげんになりながらつぶやいた。

宗一は、そんな彼女を愛しげに見つめて言う。

「わたしにもあるよ。胸の高鳴りが罪深いと感じたときに真っ当な医療知識がなければ、自分の血を抜きたい、そうすれば収まるはずだ！　なんて思うのではないかな」

「なるほど……」

蒼がまだまだ真っ赤になっている横で、在澤だけは首をひねっていた。

「なるほど、なのか？　その気持ち、僕にはさっぱりわからん。蒼くん、やはりその女心、ひとつ僕に教えてはくれないか」

横から在澤に、ひし、と手を握られ、蒼はびくりと震える。

「在澤先生、その件はお断りしたはずではなかったですか」

「確かに断られた。なので、これは二度目のお願いだ。頼む、僕の結婚が、いや、まあ、結婚くらいは多分できるが、その後の円満な結婚生活がかかっているんだ！」

熱心に頭を下げる在澤は、どこまでも正直だ。できることなら蒼も力になってやりたいところだが、正直、蒼の手には余る。

（一体、どう言ってさしあげたらいいんだろう）

途方に暮れた蒼が黙っていると、宗一が物憂げに口を挟んだ。

「在澤先生。いや、在澤くん」

「どうしました、城ヶ崎先生」

在澤は蒼の手を握ったまま宗一を見る。宗一はふと、教師の口調になって言う。

「君は女心の前に、男心もわかっていない。まずはそれを学びたまえ」

「なるほど。たとえば、どんな心を学ぶべきでしょう？」

つられたように学生の口調になる在澤に、宗一は甘い声を出した。

「愛しい女を貸したい男はいない。まずはそこからだな」

女性たちどころか、男性もどきりとしそうな声に、在澤も何かを感じたのかもしれない。びくりとして蒼の手を離し、目を白黒させる。

「ああ……なるほど。これは、失礼……」

蒼は自由になった両手で心臓を押さえるが、鼓動は激しくなるばかりだ。

（宗一さんがおっしゃった『愛しい女』は……私）

はっきり認めてしまうと心臓はますます暴れ出し、蒼は思わず両手で顔を覆った。

後部座席の気配を察したのか、運転席の榊がわざとらしい咳払《せきばら》いをして声を張る。

「在澤先生。そろそろ医学校につきます」

「おっ、ありがとう！　今日は医院のほうの当直なのだ。女心の件は、ひとつ、別の手段でどうにかしてみよう。ありがとう、蒼くん。城ヶ崎先生！」

在澤はくるりと快活な表情に戻って叫ぶと、まだ止まりきっていない車から飛び下りた。宗一は軽く手を振ってそれを見送り、呆《あき》れたようなため息を吐いた。

「やれやれ。本当に元気な男だ」

「かなり、独特な御方ですね」

榊が淡々と言い、宗一の苦笑する横顔がちらりと見える。

横に在澤がいなくなったので、蒼はようやく一息吐《つ》いて顔を上げた。

車は再び速度を増し、ほどなく城ヶ崎家の屋敷に到着する。蒼は火照った頬をさりげなく手であおいでから、宗一より先に車を降りた。

「宗一さま。吸血鬼の調査に付き合っていただき、ありがとうございました」

改めて礼を伝えて手を伸べると、宗一はどこか優美な所作でその手を取る。

「いいんだよ。君に付き添えて、よかった」

宗一は車から降りながら告げ、そのまま屋敷に向かう。ごく平然と対応されて蒼はほっとしたが、すぐに異変に気付いてうろたえる。

宗一は蒼の手を握ったままだったのだ。

「あの、宗一さま……？」

洋館のほうの薄暗い玄関を上がり、蒼の小部屋の入り口を通り過ぎ、小さな居間に出る。日本家屋の居間とはずいぶん違い、窓も小さく、こぢんまりした洋風の部屋だ。

どこもかしこも石造りで寒々しく見えるが、暖炉に火を入れるとここが屋敷の中で一番暖かな部屋になると蒼は知っている。この屋敷に来た最初の冬、蒼と宗一は何度もこの部屋で過ごした。独逸語《ドイツご》の講義をしてもらったり、飲み物で両手を温めながら教えてもらった外国の民謡を歌ったり。

そんな思い出が、暖炉に灯《とも》っている灯の温かさと共に、ふわりと立ち上がってくる。

「今夜は、この居間で過ごされるのですか？」

蒼が周囲を見渡しながら言うと、宗一に軽く手を引かれる。

導かれるまま、蒼は宗一と向き合った。

(宗一さま、少し疲れたお顔)

少々心配になって見つめていると、宗一は優しく目を細めて言う。

「すまなかったね、蒼。大人げないことをしてしまった」

「大人げない……それは、先ほどの、在澤先生へのお言葉のことですか?」

蒼は、考え考え問いを投げた。

在澤に相対するときの宗一は、少し皮肉っぽかったり、不思議に色っぽかったりもする。蒼はそれが大人げないとは思わないし、今日はむしろ助け船を出してもらって嬉しかった。蒼がじっと答えを待っていると、宗一はためらいがちに告げる。

「そうだし、違う」

「……?」

「誰が相手でも、あなたのことになると、どうにも大人げないのだ、わたしは」

宗一のまつげが伏せられ、唇が囁くのが、不思議なくらいはっきりと見えた。

とくん、と、蒼の心臓が音を立てる。

「宗一さま」

名を呼んだ。

それでは、足りない気がした。

蒼は宗一の胸に、白い指で触れる。その下には宗一の心臓がある。

宗一の心臓も、自分と同じくらいせわしなく血を吐いているのだろうか。

多分、そうなのだろうと思った。

宗一の冷えた手が、蒼の頰を包みこむ。自然と顔は上を向き、ごく近いところで宗一と蒼は視線を絡ませた。宗一の目は少しだけ、困り果てたような色をしていた。

「困ったね。籠に入れないと決めたのはわたしなのに」

声にもいつもの艶がない。

聞いているうちに愛しさと庇護《ひご》欲がむくむくと湧き上がってしまい、蒼は自然と宗一の背に手を回した。こわばった背中を優しくさすりながら、蒼は囁く。

「籠に？　蒼を籠に入れるのですか？」

「入れないよ。でも、どうしても、わたしだけの蒼でいてほしくなってしまう」

宗一はつぶやき、蒼の腰に手を回して、そっと肩に額を預けてくる。

（愛しい。好き）

湧き上がった愛しさに溺れかけながら、蒼はぎゅっと宗一を抱きしめた。

「蒼は、宗一さまのものです。宗一さまの籠にならし、入っても構いません。他の方の籠では、嫌です」

「本当に？　本当のわたしは、あまり性根のいいほうではない。吸血鬼ではないが、あなたの喉に食らいつくかもしれないよ？」

肩に額を預けたまま、宗一はくぐもった声で言う。

少しのくすぐったさを感じ、蒼は小さく笑った。

「お茶碗《ちゃわん》一杯くらいでしたら、血だって捧《ささ》げると申し上げたじゃないですか。ひょっとして、冗談だと思っていらしたんですか？」

蒼が冗談めかして問うと、宗一はゆらりと顔を上げた。

両手のひらで頬をすくい上げるようにされ、半ば当然のように唇が重なる。

柔らかで甘い感触が押しつけられて、蒼は頭の芯がくらっとするのを感じた。

強い酒を飲んだときというのは、こんな気分なのだろうか。

体中がふわふわして温かく、足もとがおぼつかない。

――恋だ、と思った。

無形の恋の真ん中に、今自分はたゆたっている。

まだ蒼がぼうっとしているうちに、宗一が囁きかけてくる。

「では、籠に入れてしまおうか。ほんの数日だけ、わたしだけのものに」

（宗一さまだけの、もの）

蒼は、溺れたひとのように酸素を求めて口を開けた。

その唇にふたたび温かな唇が重なって、蒼の理性はとろとろに溶けてしまう。

このまま全部蕩けきって、完全に宗一のものになってしまいたい。

「いい？　蒼。わたしだけのものにしても、いい？」

宗一の声がする。そして、自分の心臓の音も。

随意にならない器官が、喜び勇んで血を吐き出している。

流れ出した血が体中に幸福感を運んでくるのを感じながら、蒼は小さく、何度もうなずいた。

第三話　小鳥の嘘《うそ》と温泉郷

小気味よくきしむ廊下を、蒼《あおい》はいそいそと歩いている。

長い廊下にはぽつぽつとランプがかかっただけで、薄暗い。それでも、蒼の心はうらはらに明るかった。

廊下の端まで来ると、火照った指で引き戸をからりと開ける。

一気に視界が明るくなり、蒼は何度か瞬きをしながら戸の先へと進んだ。

「宗一《そういち》さま」

草履を脱いで上がり框《かまち》に上がり、開け放された襖《ふすま》の向こうをのぞきこむ。

そこには、一幅の墨絵のような景色が広がっていた。

古びてはいるが格の高い畳敷きの部屋。大きな縁側の先には冬囲いされた冬の庭が広がり、その庭はなめらかに自然の林へと変化していく。雪をかむった林の隙間からは、少々低い場所にある集落の様子までもが見渡せた。

集落にも雪がつもり、その間からはもうもうと白い煙が立ち上る。

宗一はそんな景色を、広縁から眺めていたようだった。浴衣に綿入れという姿で火鉢の前に陣取り、蒼を振り返ってかすかに笑う。

「おかえり、蒼」

その声もいつもより緩んでいるようで、蒼はどきりとしてしまう。

ここはいつもの城《じょうが》ケ崎《さき》邸ではない。

東京《とうきょう》から鉄道で二時間と少し。山間にある温泉宿なのだ。

(本当に、来てしまったんだわ。宗一さまとふたりで、温泉)

籠に入れてしまおうか、などという宗一の甘い囁《ささや》きに流されて蒼がやってきたのは、正月休みの温泉旅行だった。

旅慣れた宗一にとってはありきたりな旅行なのかもしれないが、蒼は温泉自体が初めてだ。目にするものすべてが目新しいし、到着早々浸《つ》かった宿の内風呂も最高に気持ちがよかったし、使用人たちの気配のない部屋も新鮮だ。

目の前の光景に静かに感動していると、宗一が蒼を手招く。

「そこに突っ立っていたら寒いだろう。近くにおいで」

「はい……！」

蒼はいそいそと広縁に出ると、宗一の隣、拳ふたつぶんくらい離れて正座する。

（ひと目がないから、いつもより近くに座ってしまった……）

蒼が内心どきどきしていると、宗一は無造作に蒼の腰に手を回す。

「もう少しくっつきなさい。湯冷めするよ」

「は、は、はいっ……！」

あわあわと返事をしたころには、蒼の体は、すっかり宗一にくっついていた。

とっ、とっ、と、心臓の音が走っているのがわかる。

冬の大気のおかげで、宗一の体温がよりはっきりと感じ取れる。

蒼も宗一も別々で内風呂に浸かってきたところだから、いつもより少し体温が高い気がした。そうっと宗一の横顔を見上げると、髪が少し湿っているのがわかる。

（発見してしまった。濡《ぬ》れ髪が額にかかると、宗一さま、お若く見える）

「……わたしの顔に、何かついている？」

蒼の凝視に気付いたのだろう。宗一はくすりと笑って聞いてきた。

ひっそりと胸ときめかせていた蒼は、見透かされた気分でびくりと肩をふるわせる。

「いいえ！　ただ、湯上がりはお若く見えるものだなあ、と思っていただけで、けして、その、それ以上のことは考えておりません……！」

「おや、若く見えるのは嬉《うれ》しいね。君は若妻だから、いつも親子に見えないか心配だ」

「まさか……！　宗一さまは落ち着いて凛々《りり》しいだけです。つまり、普段も大変素敵です……！　もしも親子なんかに見えるのなら、蒼が子どもっぽいせいかと」

必死に主張すると、宗一は軽く噴きだした。

「子どもっぽいか。君はそう思っているのかい？」

「ど、どうでしょう……大人っぽいとは、思っていませんが……」

言われてみれば、自分がどんな人間に見えているのか、蒼にはあまりよくわからない。昔はただひたすらに、自分のことを気持ち悪い、醜いと思っていた。宗一のおかげで、どうやらそうではないらしいということは理解した。

が、それ以上を客観的に見ることは難しい。

蒼が戸惑っていると、宗一がいたずらっぽい調子で続ける。

「あなたは充分に魅力的だよ。大人っぽくもあり、子どもっぽくもある。大人っぽい美しさにやられてふらふらと近づくと、急にいたいけな子どもの瞳で見上げられて、ますますどきりとする。それに……」

「そ、そそ、そこまででお願いいたしますっ……！」

羞恥心で頭がどうにかなってしまいそうで、蒼は必死に叫んだ。

ちょっと破廉恥な気もするし、そんなことを宗一が言っていることに慌ててしまうし、何より、そんなことを言われても少し嬉しい自分に戸惑ってしまう。

真っ赤になっている蒼に、宗一はくすくすと笑みをこぼした。

「誤解しないで、褒めているんだ。今は……そうだね」

一度言葉を切り、宗一は蒼をさらに抱き寄せた。

「あっ……」

不意打ちで姿勢が崩れ、蒼は宗一にしなだれかかるような形になってしまう。宗一は気にせず蒼を抱きかかえ、その首筋に顔を寄せた。

蒼の白いうなじに、宗一のかすかな息がかかる。

まるで優しく撫《な》でられているような感触。

(どうしよう)

どうもできない体勢のまま、蒼の頭はぐちゃぐちゃになる。

どうしよう。このまま身を任せるしかないけれど、どうしよう。

宗一の手が骨張っているのが、急に鮮明に感じられる。あの柔らかい唇が、無防備なうなじのすぐ傍《そば》にあるのも想像できてしまう。

蒼が甘い予感に小さく体を震わせたとき、宗一は囁いた。

「──温泉の、いい匂いがする」

「…………っ、い、いい匂いなら、何よりです…………」

必死に口を開いたものの、声はどうしても震えてしまう。

こんなにみっともない声しか出ないのなら、もう、黙るほうがいいのかもしれない。

もうとっくに、蒼は宗一のものなのだ。

そしてこの温泉旅行は、ほんの三泊四日とはいえ夫婦水入らず。ただの、そして、本物の夫婦のように過ごすのだと、決めたのだから。

蒼がうっとりと目を閉じかけた、ちょうどそのとき。

「失礼致します、旦那さま、奥さま！　ハチクマです」

廊下のほうから、聞き慣れた声が響いてきた。

蒼がはっとしたときには、宗一の腕はほどけてしまっている。背中の温かみが失われるのは惜しかったけれど、宗一を制止する暇はなかった。

「ハチクマか。どうぞ、お入り」

彼は軽く身なりを整えながら、漆塗りの脇息《きょうそく》に肘をついた。

続いてからりと襖が開き、輝かんばかりの笑顔を浮かべたハチクマが現れる。

夫婦水入らずの温泉旅行ではあったが、宗一と蒼は華族夫婦である。身の回りの世話をする者はどうしても必要ということで、今回は若い男性使用人であるハチクマのみが同行している。

彼は正座したままきょろきょろと蒼たちの部屋を観察した。

「おおっ、ここはまた特別なお部屋ですねえ。あの広縁なんか、西洋人にウケそうだ。お二人とも、のんびりできてますか？　何か、ご不便はございませんか？」

「わたしは、蒼さえいれば満足だよ。つまらん仕事を持ってくる奴らもいないしね」

にこにことのろける宗一の横で、蒼は懸命に平静を保とうとしながら言う。

「ハチクマはどうなの？　あなたのお部屋はどうだった？」

「それですよ！　てっきり行灯《あんどん》部屋かと思いきや、俺ひとりじゃもったいないようなお部屋でした。ここより狭いですけど、大変立派です。だけど、そこにちーんと座ってても仕事があるわけじゃなし。ちょいと持て余しちまって、御用聞きに来た次第でして」

「なるほど。ハチクマも私と同じ、貧乏性ね」

「そりゃあねえ、同じ手品団出身でございますから！」

ハチクマの屈託のない笑顔を見ていると、蒼もつられて笑ってしまった。

ハチクマにとっても、自分にとっても、手品団での諸々《もろもろ》はこうして笑える過去になっている。そのことが、何とも嬉しい。

宗一は笑い合うハチクマと蒼を眺めて、嬉しそうに目を細めながら言う。

「ふたりとも、我が家の人間になって一年以上経《た》つというのに、まだ貧乏性か。わたしの甘やかしが足りないのかな？」

「いえいえ、まさかそんな！　充分甘やかしていただいております！」

蒼は慌てて宗一とハチクマに割って入るが、ハチクマは気にせず続ける。

「あはは、俺はともかく、奥さまはイヤってほど甘やかしてあげていただきたいところでございますねえ。ほら、奥さまって苦労性ですから。ねッ」

「……！」

声を失ってしまった蒼の横で、宗一はくすりと笑って話題を変えた。

「そのためには、部屋にこもっているわけにはいかないね。ハチクマ。宿の者から、周辺のことを何か聞いたかい？」

「はいな、一通り聞き込んで来ましたよ」

ハチクマは、きたきた、とばかりに手のひらをすりあわせている。

彼はどうやら旅館中を駆けずり回って、あちこちの手伝いなどしながら情報を仕入れていたらしい。

ハチクマ曰《いわ》く、この辺りは『掘れば出る』といった勢いで、湯量の豊富な温泉地だ。もとより山中にいくつも自然温泉が湧いていたため、運が良ければサルの入浴を見られることもあるとか。蒼たちが泊まっている宿は江戸時代から旅籠《はたご》として営業している、由緒正しい宿なのだという。

「……外もちょろっと歩いてみましたが、政治家が金をばらまいてワイワイって感じじゃないです。遊技場はあれど長逗留《ながとうりゅう》らしい湯治客も多いし、そもそもサルも入るくらいですからねえ。お湯の効能は確かなんじゃないでしょうか？　旦那さまのお体にはいいですよ、きっと」

「効能が確かなのはいいですね。外湯もいくつかあると聞きましたが、それぞれ効能が違ったりするんでしょうか？」

体にいいと聞くと、蒼は俄然《がぜん》興味を惹《ひ》かれる。

温泉療法は日本でも西洋でも古くから行われる健康法だ。西洋医学ですべてを説明することはできないが、効能があるからこそここまで続くのだろう。明治になって入ってきた西洋人たちも、大喜びで各地の温泉地に別荘を作り始めていると聞いている。

ハチクマは両手を前に出し、指折りながら難しい顔をする。

「確かそうでした。外湯は八つありまして、確か、八個目が子宝……」

「ハチクマ」

宗一がハチクマの話を遮ったので、ハチクマと蒼はきょとんと宗一を見た。

宗一は咳払《せきばら》いをして、懐から小さな巾着を取り出す。

「八つもあれば、大体のものには効くだろう。せっかく遊びに来たんだ、お前も少し温泉街で楽しんでおいで」

「おや、こりゃお小遣いですか、旦那さま。なんとまあ。ありがとうございます」

ハチクマは手の中に押しこまれた巾着を見て、面食らったように瞬きをした。彼はしばらく迷う風情を見せていたが、すぐに気を取り直して笑顔に戻る。

「そうですね。うん、まあ、そりゃそうか。俺がいても邪魔ですね」

「え？　いえ、それは……」

「いいんですいいんです。夕食までには戻りますんで、旦那さまと奥さまもごゆっくり」

下町育ちで酸いも甘いもかみ分けたハチクマは、ありがたそうに巾着を懐にしまった。頭を下げて退散する前に、ふと思い出したように蒼のほうを振り返る。

「そうだ！　おふたりでお散歩するとき、裏山にだけは入らないほうがいいですよ」

「裏山に？　なぜ？」

　蒼は首をかしげ、宗一は少々興味深げに自分の顎を撫でる。

「サルが出て、帽子でも取っていくのかな。それとももっと妙なものが出る？」

「いやいやいや。サルなんかかわいいもんですよ。裏の小鳥山《ことりやま》には神さまが住んでいらして、女子供が入ると怒るんですって。若い仲居が熱心に教えてくれました」

「女子供が……」

　蒼は口の中でつぶやいた。

西洋文化も流れこみ、世に満ち満ちていた無知の霧みたいなものは晴れかけているこのごろだ。神様が怒るなんて話を、大真面目にされるのには違和感がある。

（しかもこの話をしているのは、ご老人ではなくて若い仲居なのね）

何か、若者までもが気にする理由があるのだろうか？

それともただ、そういう土地なのだろうか？

「そいじゃ、失礼いたします！」

　蒼の疑問をよそに、ハチクマは元気に部屋から出て行った。

◇

からん、ころん、と、下駄《げた》の音が石畳に響く。

「いらっしゃい、宿はいかが？」

「蒸したての饅頭《まんじゅう》だよ、このへんじゃ一番美味《うま》い！」

左右からにぎやかな声をかけられて、蒼はどこを見たらいいのかわからない。

（すごい、まるで、夢の中の町のよう）

ハチクマが立ち去ったのち、蒼と宗一も温泉街巡りに繰り出した。

旅館から橋を渡った対岸には色とりどりの暖簾《のれん》が下がり、おいしそうな湯気をあげながらまんじゅうがふかされている。その横の店ではちょっとした飾り物を売っていて、反対側の店には射的の看板が揺れていた。

「蒼、何か欲しいものがあるのかい？」

傍らの宗一から優しく声をかけられて、蒼ははっとする。

「いえ……！　ただ……浮き世離れして楽しい店ばかりなので、夢をみているような気持ちになってしまって」

蒼が一生懸命に告げると、宗一はふと、不思議な笑みを浮かべた。

「あなたは手品団という夢の中で生きていたのに、そんな気持ちになるのだね」

夢、と言われてみれば、確かに手品団の劇場周辺も、浮き世離れした街ではあった。

色とりどりの旗や暖簾が風に揺れ、浮かれた客たちがひっきりなしに往来していたのも、温泉街とよく似ている。

変わったのは、蒼の立場であった。

「そういえばそうですね。でも、私たちが見ていたのは夢の裏側でしたから」

蒼がつぶやくと、宗一は目を細めた。

そしてひょいと手を伸ばすと、蒼の手を握ってしまう。

「え……？」

そんな、人前で、と蒼が戸惑っているうちに、宗一は至極当然といった顔で歩き出す。

「待ってください、宗一さま……！」

蒼は真っ赤になって宗一に追いすがるが、彼は振り返りもせず、さらりと告げた。

「安心して。誰にも笑われないことに、慣れなさい」

「……！」

蒼は小さく息を呑《の》み、おそるおそる周囲を見渡す。温泉の湯治客たちは相変わらず楽しそうに歩いており、店の者たちは、蒼と視線が合うとにっこり笑ってくれる。

それだけだ。夢の街は相変わらず夢のようで、ただただ穏やかで、優しい。

(誰にも笑われない。誰にも、みっともないと言われない)

蒼は、心の中で繰り返す。

醒《さ》めない夢をみているかのようだ。

その夢に自分をいざなってくれたのは、宗一。

夢の街の裏側から表側に、自分を引きずり出してくれたのは、宗一のこの手だ。

繋《つな》いだ手がじん、と温かくなる気がして、蒼はきゅっと唇を噛《か》む。

うっかり涙がにじんでしまいそうだ。悲しいわけではない。

嬉しくて、嬉しすぎて、愛《いと》しくて、愛しすぎて。

そんな、熱い涙がこぼれそう。

(堪えないと。ここで泣いたら、宗一さまに心配されてしまうわ)

蒼は懸命に目に力をこめて涙を止める。

そうしていると、ふと、通行人と視線が合った。

先のほうにある店から出てきた、大荷物を背負った白髪の老人だ。

彼は蒼と視線を合わせると、能面の翁《おきな》のような顔でにっこり笑う。まるで知り合いのような笑みなのに、それ以上近づいてくるわけでもない。蒼たちとは逆の方向へ、すたすたと歩いて行く。

（まさか、お知り合い？）

小さくなっていく老人の背中には、たくさんの引き出しがついた薬箱があった。

各地を回って薬を売り歩く薬売り。日本に西洋医学が広がる前から、皆の健康を支えていた存在である。

頻繁に見る存在ではないが、蒼の記憶には妙に印象的な薬売りの姿があった。

（以前、資生堂パーラーの近くで出会った薬売りさんと、似ている気がする）

まさか同じ薬売りではあるまいに、なぜ引っかかったのだろうか。あの笑みのせいだろうか。親しげでありつつも、なんの感情も読み取れなかった……。

蒼がそんなことを考えている間に、薬売りとの距離は開いていく。

やがて、蒼と宗一は饅頭屋の前を通りがかった。

「やあやあ、お熱いねえ、お二人さん。どうだい、饅頭。そら、味見していきなよ」

しゃがれた声と同時に店先からにゅうっと痩せた腕が生え、蒼の手の中に饅頭をねじこんでくる。とっさに受け取ってしまってから、蒼は慌てた。

「味見だなんて、丸々一個あります！　大変、きちんとお金はお支払いしますから」

「なんだい、それじゃあ俺が押し売りみたいじゃないか。ま、図々《ずうずう》しく二個や三個くれって言うより百倍いいけどねえ。旦那、いい嫁さんをもらいましたなあ！」

饅頭屋はゲラゲラ笑って宗一にも声をかける。六十歳ほどの禿頭《とくとう》の男で、法被姿でぱっと見は元気いっぱいに見える。が、蒼は彼の顔を見てはっとした。

（死相が、出ている）

黄色く乾いた肌、口の中の乾いた臭い、饅頭の匂いの奥から漂う酒の匂い、黄色く濁った瞳、落ち着かない呼吸、かすれた声、ぎこちない動き方。

ささやかな情報が蒼の頭の中でよりあわされて、一本の糸になっていく。

（おそらくは、癌《がん》。すでに血液に乗って全身に転移し、節々に痛みがあるはず。それを酒でごまかし、ごまかし、どうにか生活していらっしゃる）

さぞかしつらかろう。痛かろう。

夢から醒めたような気分で表情を曇らせる蒼の横で、宗一はのんびりと財布を出した。

「今、ふかした饅頭はどれくらいあるんだね？　すぐに売ってしまいたい数を言ってくれれば、全部頂くよ。妻を褒められて機嫌がいいから」

「あはは、そりゃぁありがたいねえ！」

饅頭屋の男はけらけらと笑い、蒼はびっくりするやら恥ずかしいやらで、宗一の袖を引っ張った。

「宗一さま……！」

「いいじゃないか。君が好きなだけ食べて、あとはハチクマにでもあげたらいいだろう。あいつなら十個くらい一息に吸い込むよ。なんなら旅館の若い子と分けてもいいし」

「男前な旦那さんだねえ！　さっ、奥さん、どうぞ！」

饅頭屋の男は愛想笑いで竹皮に包んだ饅頭を差し出してくる。

「あ、ありがとうございま……っ……？」

蒼が受け取ろうと手を出したとき、ずぼっ、と、蒼と宗一の間から顔を出した者がいる。

「な、何？」

見下ろせば、おかっぱ頭の女の子が蒼の手の中をのぞきこんでいた。

「どうしたね？　饅頭が欲しいのかな？」

宗一は静かに声をかけるが、饅頭屋の男はすぐに声を荒らげる。

「こら！　また来たな⁉　金のねえやつに饅頭はやらねえよ！」

「この方は、一体？」

躊躇《ためら》いがちに声をかける蒼に、饅頭屋の男は苦笑を向けた。

「すまねえです、奥さん。この女の子、さっきからひとりでこのへんをうろちょろしてまして。試食狙いなんですよ。すぐに追っ払いますんで！」

蒼には慇懃《いんぎん》なくらいの態度で言ってから、女の子に向かって威嚇の拳を振り上げる。

「親のとこへ帰りなって言ってんだ、そらっ！　帰れっ！」

（そんなに、怒鳴らなくても）

蒼は反射的に女の子の背を支えるように手を回した。

男に語気荒く叫ばれても、女の子は不思議なくらい無表情で彼を見上げている。それがますます不興を買うのか、男は怒りで顔を真っ赤にした。

「こいつっ……！」

「あのっ……！」

女の子が、殴られるかもしれない。

そう思うと、蒼は声をあげ、女の子を腕の中にかばっていた。

女の子はそんな蒼の顔を見上げ、軽く目を瞠《みは》ったのち、澄んだ声で叫ぶ。

「──母上さま！」

「え？」

一瞬何を言われたのかわからず、蒼は女の子を見下ろす。年のころは、六歳やそこらだろうか。人形のように白い顔に、大きな丸い目が愛らしい少女だ。

もちろん、見覚えはない。

産んだ覚えも。

なのに女の子は蒼を真《ま》っ直《す》ぐに見上げると、はきはきと叫んだ。

「母上さま、マツリは、饅頭が食べたいです！」

「待ってください、え、え、えええっ!?」

うろたえている蒼の代わりに、饅頭屋の男が叫ぶ。

「コラッ！　適当なこと言って、奥さんにご迷惑をおかけするんじゃねえ！　こっちは体中痛くてイライラしてんだ。ガキだからっていい気になってやがると、ぶっ飛ばすぞ！」

「っ……！」

男の語気の荒さに、蒼とマツリは、ひし、と抱き合った。

その横から、すっと宗一が手を伸ばす。彼は振り上げられていた饅頭屋の男の拳を掴《つか》み、淡々と話しかける。

「落ち着きたまえ。我々はこの子を迷惑だなんて思っていない」

「だけど旦那！　こいつは大嘘《うそ》つきですし、俺の商売の邪魔をしてるんで！」

男は興奮状態でまくしたてて、宗一の手を振り払おうとした。

が、できない。

何度振り払おうとしても、宗一に掴まれた手だけが凍りついたようになり、男は上《う》手《ま》く体が動かないようだった。

「こいつぁ……？」

饅頭屋の男が驚き半分、恐怖半分の顔で宗一を見つめる。

宗一は、どこか酷薄な色をした目を細めて告げた。

「商売の邪魔をして申し訳なかったね。だが、この子は嘘つきじゃない」

「はあ？　一体どういうことです？」

「この子は、わたしたちの子だ」

「……へ？」

男は目を丸くして、宗一と蒼と、マツリを順番に眺める。

（わたしたちの、子）

その言葉を聞いた途端、蒼の胸は甘苦く痛んだ。

（なんだろう、この気持ち。嫌な気持ち、じゃない？）

驚きと、興奮と、戸惑いと。何もかもがない交ぜになった気持ちで、蒼はマツリを抱きしめる。マツリもまた、蒼にぴったりと体を寄せてきた。

温かくて、小さくて、か細い体だった。

この子が蒼と宗一の子だというのは、傍目《はため》にもきっと無理がある。

蒼は大人っぽく見えるほうだとはいえ、六歳の子があるようには見えまい。着ているものも違う。旅館の綿入れを着ているとはいえ、宗一と蒼の着物は見ているだけで目が気持ちよくなってしまうような品の良さだ。一方の少女は、粗末とまでは言わないが、微妙に裾の短い着物に、毛羽だった毛糸のケープを羽織っている。

無理がある。わかっているが、もう、この子を突き放せる気はしない。

（守ってあげたい）

蒼はマツリを見下ろす。

マツリは蒼を見上げると、蒼の手をきゅっと握って微笑《ほほえ》む。

そして、堂々と口を開いた。

「行きましょう、母上！　マツリは、旅館のお部屋で、父上と母上と一緒に饅頭を食べたいです！」

◇

「それで？　マツリは一体どこの子だ？」

「父上の子です！」

天真爛漫《てんしんらんまん》に叫ばれて、宗一と蒼は顔を見合わせた。

宗一と蒼は、饅頭屋で出会った少女、マツリを連れて旅館の部屋に戻ってきた。

旅館の人々には『近所で知り合った子に饅頭を食べさせて帰す』と断りを入れ、このへんで以前から見かける少女なのかどうかを聞き込んである。

聞き込みの結果は「さあ……」か、「見ませんねえ」の二種類だ。

（となれば、マツリは湯治客の娘さん。今頃、娘さんとはぐれた親御さんは心配しているのじゃないかしら）

蒼はそわそわしてしまうが、マツリ本人は安堵《あんど》した様子で饅頭をぱくついている。

宗一は脇息に頬杖《ほおづえ》を突き、大人に向けるような色めいた笑みを浮かべた。

「残念ながら、わたしとマツリは初対面だよ。マツリほどの美人に会ったら、二度と忘れるはずがないからね」

蒼は彼の言いように一瞬そわっとしたが、マツリはあっけらかんと即答する。

「大人って案外物忘れをします。お歳《とし》を召されたら、特に」

「あら。ふふっ」

なんて利発な子なのだろう。蒼は小さく噴き出してしまった。

宗一は情けない顔になり、蒼のほうを見る。

「……わたしはそこまで歳かな、蒼」

「そんなことはありませんが、マツリさんに比べたら、私も歳ですね？」

くすくすと笑いつつ、蒼は盆の上で三人分のお茶を淹《い》れた。宗一には熱いまま、マツリのぶんはふうふうやって冷ましてから差し出してやる。

「さ、マツリさん。お茶をどうぞ」

「ありがとうございます、母上」

マツリは片手に饅頭を持ったまま、せっせと膝をそろえてお辞儀をした。おしゃまなところと不器用なところが混在するのが愛らしく、蒼は自然と笑顔になってしまう。

「まだ熱かったら、自分でもふうふうして飲むんですよ。そう、上手」

宗一もまた、笑顔の蒼を眺めてかすかに笑みを含む。

幼い者に調子を合わせ、見守り、微笑み合う穏やかな時間。宗一とふたりきりのときとは少し違って、心地よくゆるんだしあわせな時だ。

(私にも子どもがいたら、毎日こんなふうなのかしら)

何の気なしに考えてから、蒼は不意に傍らの宗一を意識してしまう。

自分と宗一は結婚しているのだから、本当の夫婦になれば子どもができてもなんの支障もない、はずだ。宗一の子は、きっと聡明《そうめい》で美しいだろう。

(……待って、軽々しくそんなことを考えては駄目。宗一さまはご病気なのだから、お体に障るようなことは絶対にいけないわ。私のような者の子どもが、親戚の方がたに歓迎されるかどうかもわからないし)

蒼はそわそわしながら、宗一と、彼の子どもと自分、という想像を追い払った。

宗一は相変わらず感情の読みづらい顔で、蒼の淹れた茶をすすりながら言う。

「さて、これからどうするかな。彼女自身がなんと言ったとしても、我々の子ではないわけだし」

「そうですね……」

目の前の光景がどれだけ微笑ましくても、見知らぬ子どもを旅館に引き込んでいるのは、誰にとっても好ましい状況ではない。早く親のことを聞き出すなり、駐在に引き渡すなりの対処が必要だった。

蒼は意を決し、なるべく落ち着いた声で問いを投げる。

「マツリさん、そろそろ本当のことを教えてくださいませんか？」

「マツリは、嘘は言いません！」

マツリの返事は元気でハキハキしている。これが本当ならどれだけいいか、と思いつつ、蒼はどうにか続けた。

「では、聞きますね。上のお名前は？」

「や……まだ、マツリです！」

（こんなにハキハキしているのに、名字で口ごもるのは、おそらく、嘘だから）

困り顔になりそうなのをどうにか堪え、蒼は問いを重ねる。

「では、どこからいらしたんです？」

「あの山の向こうの、名前のないちっちゃな村です！」

（これも、嘘。言葉に訛《なま》りもないし、傷んでいるとはいえ、舶来品を身につけているのだもの）

「では、どうして私たちを親だと呼ぶのでしょう」

「マツリは、父上と母上の子だからです！」

「なるほど……」

このままでは押し問答だ。必要な情報が出てくる当てがさっぱりない。

蒼がいったん黙りこむと、宗一が静かに告げた。

「蒼。この子はなかなか豪胆だ。手に負えないようなら、駐在所に届けよう。それがこの子のためでもあるよ」

「やだっ！」

「マツリさん」

マツリの悲鳴に近い叫びに、蒼は思わず腰を浮かした。

マツリはうつむいたまま、ぎゅっと唇を噛んでいる。

宗一は少女の叫びくらいではびくともせず、淡々と続けた。

「だがね、マツリ。今のこの状況は、下手をしたらわたしたちが人さらいだと思われてもおかしくないんだよ。人さらいというのは、悪いひとだ。マツリは悪いひとと一緒にいたいのかい？」

「悪い……？」

マツリは口の中でつぶやいたかと思うと、顔を上げて宗一を睨《にら》んだ。

「悪いひとでも、優しければいいいっ……！」

（悪いひとでも、優しければ）

蒼はその言葉に衝撃を受け、うっすらと唇を開く。

蒼もかつては、手品団の団長たちがいいか悪いかなんてろくに考えもせず、親切にしてもらったから恩返しをしなくては、と思いこんでいた。

人生がつらすぎるとき、ひとは善悪を軽んじる。

マツリはこんなに小さな子どもなのに、悪を受け入れようとしている——。

「マツリさん……！」

蒼は思わず、マツリの名を呼んだ。

マツリはまだ宗一を睨んでいたが、呼ばれると心細いような顔で振り返る。

蒼はいても立ってもいられなくなり、すっくと立ち上がって言った。

「お風呂に入りませんか？」

「え？」

虚を衝《つ》かれたのだろう。マツリはきょとんとした顔になった。

蒼はそんなマツリの脇に手を入れ、持ち上げるようにして立たせて言う。

「饅頭屋さんで手を握ったとき、あなたの手はひどく冷えていました。冷えているとき、暑すぎるとき、空腹なときに難しい話をするのはよくありません。おやつはお腹《なか》に入りましたから、次はお風呂です！」

「でも、マツリは……」

「私が一緒に入りますから、なんの心配も要りません。行きましょう」

蒼は柄にもなく強く言い切り、戸惑うマツリの手を取った。

◇

「ふわぁ……気持ちぃーい……」

とろんとしたお湯に浸かると、マツリからは自然と緩んだ声が出る。

蒼は隣に浸かりつつ、幼いマツリを気遣った。

「熱くない？　お風呂」

「うん。これくらい平気！」

マツリは先ほどの涙目はどこへやら、にこにこと答える。肩には手ぬぐいをかけているから湯に浸かっているのは胸から下だけだけれど、彼女にはそれがちょうどいいのかもしれなかった。

マツリの機嫌が直ったのが嬉しくて、蒼は彼女に優しく微笑み返す。

「こんな熱いお湯が平気だなんて。あなた、下町っ子なんじゃない？」

少々からかうように言うと、マツリが蒼の白い肩をつん、と突いてきた。

「母上はどうなの？　山の手の奥さまっぽいのに、熱いの平気なんだね」

「私は、育ちが下町だから」

「そうなんだ」

マツリは意外そうに瞬《まばた》く。

蒼としては、自分が山の手の奥さまだなんて言われたことのほうが意外だ。

（宗一さまといた時間が、何かを変えてくれたのかしら）

そんなことを思いつつ、なめらかな湯を自分の肌にかける。

宿の内湯はなかなかに豪華な造りだった。湯船にはこの辺りで採れるであろう石がびっしりと貼られているし、男湯と女湯を区切る壁には色とりどりの花が描かれたうえ、欄間まで設けられている。

半端な時間なので、入浴しているのは蒼とマツリだけだ。

もうもうと湯気の立つ美しい場所でのんびりしていると、マツリだけではなく、蒼の気持ちも緩んできた。蒼が、ふう、と息を吐いて目を閉じたとき、マツリがこそりと耳元に囁いてきた。

「母上、恋女房でしょ」

「な、ななな、何⁉　どこでそういう話を聞くの……？」

蒼は思わず目を見開き、白濁した湯の中で自分の体を抱いてしまう。

マツリは邪気のない様子で、軽やかに笑った。

「あはは、色々！」

「うう……」

蒼はいたたまれない気持ちで、熱い湯に深く浸かる。このまま頭まで沈んでしまいたい気分だが、それにはこの湯は熱すぎるし、硫黄の臭いも強かった。

こまっしゃくれたマツリは、浴槽の縁に両肘を乗せて言う。

「父上と母上って年中見つめ合ってるもん。仲がいいんだなってすぐわかっちゃう。仲が悪かったら、隣に居ても目は合わないんだよ？」

「それは、そうかもしれないけど……違うのよ、私と宗一さまは」

蒼はしどろもどろになって言った。

自分たちは恋から始まった結婚ではない。今は本当の夫婦のようになろうとしているけれど、それも順調にいっているとは言いがたいのだ。というか、どこまで順調にいってしまっていいのか、蒼にもよくわかっていない。

と、いう話を、どこまでこの少女にしていいものか。

蒼が意味もなく湯を混ぜているうちに、マツリはちらと蒼を見て言った。

「とっとと子ども作ればいいのに」

「っ、けほっ、こほんっ、こらっ、マツリ……！」

さすがの蒼も軽く叱るような口調になるが、マツリはそんなものではひるまない。

「だって父上と母上、ふたりとも綺麗《きれい》だし、お金ありそうだし、きっと子どもはしあわせなんじゃないかな。だから、作ったらいいのに、なんでいないの？」

あっけらかんとした口調で語られる内容は、マツリの歳にしてはずいぶんと大人っぽかった。彼女はどんなふうに子どもができるのか、とうに知っているようだ。

そのうえでいかにも不思議そうに聞かれてしまうと、蒼には答えようがわからない。

苦し紛れに微笑んで、話を逸《そ》らそうと口を開く。

「子どもなら、マツリがいるじゃない」

「だったらマツリをお家《うち》まで連れて行ってくれるの？」

マツリはここぞとばかりに身を乗り出してくる。

蒼は途方に暮れて首を横に振った。

「それは難しいわ……」

「母上って、わかんない！　子ども、きらい？　それともマツリが嫌いなだけ？　父上はなんて言ってるの？」

むくれるマツリの顔を見ていると、蒼自身の胸にも淡い疑問が湧いてくる。

（子どもが嫌いなんて、考えたこともない。宗一さんだって、お嫌いじゃないはずだわ。そうでなくて、あんなふうにマツリをかばったりはしないでしょう）

ならばなぜ、自分たちは子どもについて話すのを避けてきたのか。

蒼はいつの間にか真面目に考えこみ、ぽつぽつと話し出した。

「子どもは、好きよ。でも……私たちは、多分、遠慮しているのかしら」

「遠慮？　母上が、父上に？」

「そうね。私は宗一さまのお体を気遣っているし、宗一さまは、多分、年の差とか……私が医学生であることとかを、気遣っているのじゃないかと思うの」

言葉にしてみると、自分でも納得できてくる。

そうだ、自分たちはお互いを思いやり、思いやるあまり言葉足らずになっている。

お互いの瞳の中には恋があることを知っているのに、触れあうことに臆病になっている。優しさゆえのことなのだけれど、このままでは自分たちはずっと足踏みしてしまう。

（いつか、話そう）

　蒼はそんなことを思う。

　一日後、一週間後のことだけではなく、一年後、十年後のことを、いつか。

　未来のことを考えれば、どうしても宗一の病気のことが立ちはだかる。

　それでも――いつかは、話さなくては。

　後悔だけを抱いて、取り残されてしまわないためにも。

　蒼がそんな決意を固めている横で、マツリは目をまん丸にしていた。

「いがくせい？」

「そう。私、女のお医者さまを目指しているの」

　少しすっきりした蒼が微笑むと、マツリはまだまだ驚いた顔で聞き返す。

「女って、お医者さまになれるの？」

「ええ、試験さえ通れば、なれるのよ。私が医者になれば、宗一さまのお体も安心でしょう？　たまにはどこかの医院で他の患者さんを診るのもいいと思うわ。女の医者になら、女性患者さんもかかりやすいでしょうし」

「すごい……そうなんだ……お医者さまになれたら、お金、いっぱいもらえるかな」

「……？　そうね。多分、もらえるのじゃない？」

蒼の答えを聞くと、マツリはじっと考えこんでしまう。

やけに真剣な彼女の態度に、蒼は湯に浸かったマツリを見つめた。先ほどから肩に手ぬぐいをかけていたマツリだが、その手ぬぐいが少しずれている。それを取って肩まで浸かりなさい、というべきかどうか、蒼は迷う。

そのとき、壁一枚隔てた男湯側から、聞き慣れた少年の声が響いた。

「奥さま！　そこにおられます？　見つかりましたよ、おかっぱの迷子を捜してるって親御さん！」

「ハチクマ!?　本当なの……？」

蒼は頭に載せていた手ぬぐいを摑み、立ち上がる。

壁の向こうからは、ハチクマのほっとした声がした。

「ああ、よかった、おられましたね！　その方、今、奥さまのお部屋におられます。マツリさんとすぐにいらっしゃってください。いや、本名は、明里《あかり》さんらしいですけど」

「わかった、今すぐ行くわ」

本名を知っているのなら、きっと実の親なのだろう。

蒼は手ぬぐいで体を隠しつつ、マツリに手を伸ばした。

「マツリさん、いいえ、明里さん。すぐにあがって、お部屋へ行きましょう」

「……」

　マツリは黙りこくってしまうが、とにかく実の親と会わせなくてはいけない。

　蒼はマツリを連れて脱衣所に行き、手早く着替えをさせようとして手ぬぐいを外す。

　そうしてふと、手を止めた。

「明里さん……」

「蒼さん、ありがとう」

　マツリは……いや、明里は、手早く着物を着ながら、初めて蒼を名で呼んだ。

　そして、びしゃびしゃの髪のまま、脱衣所から飛び出していく。

「っ……！」

　蒼はぎょっとして脱衣所から首だけを廊下に出した。

　マツリは一目散に駆けていく。その先にあるのは蒼たちの特別室ではなく、玄関だ。

（追わなくちゃ。でも……）

　蒼はまだ、生まれたままの姿である。

　そこへちょうどよく、男湯からハチクマが出てきた。彼は蒼に伝言を届けるために風呂場へ入っただけだったのだろう、どこも濡れてはいないようだ。

彼は暖簾から顔だけ出している蒼を見ると、不思議そうな顔をする。

「どうしました、奥さ……」

「ハチクマ、マツリを追って！　玄関よ！」

「はいっ、ただいまっ！」

鬼気迫った蒼の勢いに、ハチクマは四の五の言わずに反応した。

跳び上がるようにして向きを変え、マツリを追って玄関のほうへと駆けていく。

蒼も大急ぎで着物を着ると、濡れ髪のまま玄関へと向かった。

このままハチクマにマツリを任せる気はなかった。さっき見たマツリの肩が、蒼の頭の中でぐるぐると回っている。

（私が、もう少しだけ早く気付いていれば……）

唇を強く嚙みながら、蒼は玄関へとたどり着く。ちょうど通りかかった宿の女将《おかみ》が、蒼の薄着を見て慌てて声をかけてきた。

「どうしました、城ヶ崎の奥さま！　先ほど、お連れさまが外へ飛び出していきましたけど……」

「あれを追わなくてはいけません。失礼！」

「ま、待ってくださいよ！　そんなかっこで外に出たら凍え死にしちまう！　せめて温かくしてお行きなさい！」

これは止めても無駄だと悟ったのか、女将は蒼にばさりと防寒着を着せかける。まるで毛布みたいな無骨なマントを頭から羽織り、蒼は三和土《たたき》へ飛び下りた。

「ありがとう、すぐに返します！」

そうだ、すぐに帰らなくてはならない。

あの小さなマツリが凍えてしまう前に、彼女を連れて、帰るのだ。

心に強く決めて、蒼は冬の匂いに満ちた外へと駆けだして行った。

◇

風が強い。口元を白い息が覆い、すぐに風に流されていく。

「奥さま、ご無事ですか？　駄目そうだったら……」

「大丈夫。私、体は丈夫なの」

「そりゃ充分存じております。だけどここは冬山だ。どれだけ丈夫な野郎だって簡単に死にますからね」

ハチクマは鋭い視線で周囲を見渡し、一度立ち止まって木の枝にリボンを巻きつける。逃げたマツリを追った蒼は、ほどなく待ち構えていたハチクマに追いついたのだ。

『マツリは山のほうを目指してます。どうします？』

真剣な顔でハチクマに問われたが、蒼には戻るという選択肢は無かった。

（マツリは地元の子じゃないし、とんでもない薄着だった。見失ったら最後、どこかで凍死してしまう）

そう思った蒼は覚悟を決めて、ハチクマと共に温泉街の裏山に入っている。

道しるべのためにリボンを貸したため、蒼の髪はすっかり肩に落ちていた。寒風になびく髪が頰に当たると、細い鞭《むち》で叩《たた》かれているかのように痛い。

蒼はかじかんだ手で濡れ髪を押さえ、祈るようにハチクマのあとに続く。

山育ちのハチクマは、辺りをきょろつきながら、わずかな踏みつけ道を進んでいた。

「ちらと見た様子じゃ、マツリはこっちへ進んでました。誰も踏んでねえ雪に突っこむ莫迦《ばか》はいねえだろうから、この踏みつけ道を行くでしょうが……気になるのは、この道が下ってることですねえ」

ハチクマの話に、蒼は小さく首をかしげる。

「下る道のほうが楽ではないの？　何が気になるのかしら」

「楽は楽ですけど、下りの道は沢に続いてることも多いんですよ。沢は危ない。山の獣が水を飲みに行くための獣道を人間の道と勘違いして獣と鉢合わせしたり、単純に沢に落っこちたりってこともあります」

いつもは元気なハチクマが真剣すぎるほど真剣に語るのを聞き、蒼は震えた。

厳しい暮らしをしていたとはいえ、生まれも育ちも東京の蒼である。ハチクマの言うような危険にさらされたことはない。

（ますますマツリが心配だわ。そういえば、この山――女子供の命を取るといういわれがあったわね。ただの迷信だろうけれど……）

必要以上に怖がっては駄目だ、と自分に言い聞かせて、蒼は不意に、亡き父親の著作を思い出した。

『この国には、呪われた地というものがいくつも存在する。そこに住む者は長く生きることはできない。体の変形や内臓の障害に見舞われ、死んでいくのである』

あちこちにある、土地の呪いの迷信。

その裏には現実の病が隠されている、というのが父の主張だ。

となれば、迷信を軽んじすぎるのも軽率な行為ということになる。火のないところに煙は立たない。迷信もまた、何もないところには生まれないのかもしれない。

（まさか、山の迷信も……？）

蒼が考えながら進んでいくと、ふっと視界が明るくなった。なんだろう、と視線を上げたところへ、風が不思議な臭いを運んでくる。

卵の、腐ったような臭いだ。

「……！　森が途切れます！」

ハチクマも同じことに気付いたのだろう。目を瞠って歩く速度を上げた。雪を蹴散らし、木々の間をすり抜けていく。蒼も必死に追いすがる。

ほどなく、目の前が開けた。

「沢だ！」

ハチクマが叫ぶ。

目の前には、ハチクマが想像したままであろう風景が広がっていた。

岩、岩、岩ばかりだ。雪はない。ゆるい傾斜の下に、灰色の岩がぎっしり詰まった沢が横たわっている。そのところどころから白い湯気が上がり、地獄めいた世界である。

そんな世界の真ん中に、ぽつりと赤があった。

マツリのケープだ。

「マツリさんっ！」

蒼は思わず叫んだ。声を遮るものもない沢だ。

マツリが気づき、ゆうらりと振り返る。

（よかった、怪我《けが》をしている感じじゃない。立って、歩いてもいる）

最悪、沢に落ちて亡くなっている可能性もあり得た。

今は、マツリが生きているだけでありがたい。蒼はほっと胸をなで下ろした。

が、マツリはふらふらっとよろけて、逃げるでも、蒼たちに寄ってくるわけでもない。

——様子が、おかしい。

「奥さま、ここにいてくださいね。俺、連れ戻してきます」

ハチクマは言うが、蒼の視界はチカチカし始める。

続いてどっと世界が鮮明になり、蒼に向かって情報が押し寄せてくる。

旅館の従業員たちは囁く。裏山には、女子供は入ってはいけない。その山の名は、小鳥山。あらゆる山に小鳥はいるのだろうに、どうしてこの山が小鳥山なのか。ことり。つまり、子を取る、取り上げる……殺すからだ。

なんで取る？　迷いやすいからか。それとも、この、地獄めいた沢のせいか。ハチクマは、山ではサルも温泉に入る、とも言っていた。ならばこの山には自然の温泉がある。温泉が噴き出すところには、他のものも噴き出す。地中にため込まれた、熱と毒素も……。

「ハチクマ！　私が行きます！　私が行かなくてはなりません！」

蒼が急に叫んだので、ハチクマはぎょっとした。

「奥さま？　ちょっと、奥さま！」

ハチクマは蒼にすがって止めようとするが、蒼は懐から手ぬぐいを取り出すと、口元に巻きながら厳しく言った。

「ハチクマ、ついてきたら解雇ですよ！　いいですね？」

「……っ……」

ハチクマは顔をしかめ、じいっと蒼を見上げる。反抗的な目だ。

ハチクマは本当に蒼が危険になったら、飛びこんでくる気なのだろう。

（この子を危険にさらさないためにも、私が、やりきらねば）

ハチクマのせいで蒼の度胸はますますすわり、彼女はずりずりと沢の底へとずり落ちていく。旅館の勧めで、藁《わら》製の雪沓《ゆきぐつ》も貸してもらったのがよかった。こんなところ、街用の雪草履ではとてもではないが歩けない。

マツリ、と叫ぼうとして、蒼は顔をしかめる。

（異臭がする……やはり、瓦斯《ガス》だわ）

女子供は裏山に入るなという伝説と、小鳥山という名前から、この山で女子供がよく死んだことが推測できる。女子供と呼ばれる者たちに共通するのは、何か。

成人男性に比べて、体力がないこと。

そして何より、背が低いこと、だ。

（瓦斯には空気よりも軽いものと重いものが存在する。密室でもなければ、ひとに害を及ぼすのは重い瓦斯。卵の臭ったような臭いは一般的には硫黄の臭いだと思われがちだけれど、硫黄は本来無臭。腐卵臭がするのは、有毒の硫化水素……！）

マツリ、ハチクマ、蒼の三人であれば、蒼が一番背が高い。だからこそ、蒼は自分が助けるしかないと判断したのだ。蒼はなるべく呼吸を抑えながら、マツリに近づいていく。それでも頭がくらりとして、マツリのケープの赤がゆらりと揺れる。

ぼやけた視界。そこから、断片的に情報が飛んでくる。

マツリに関する情報。今まではもっとはっきり見えていたはずなのに、蒼が認識していなかった情報。

マツリの青白すぎる顔色は、あまり陽に当たっていないからだ。今が冬だとは言え、あの白さは異様だ。彼女は普段、どこかに閉じこめられていることが多いのだろうか。

肩にずっと手ぬぐいをかけていたのは、そこに傷があるからだ。おかっぱ頭がうつむいたときに襟足にちらと見えていた影は、影ではなく痣《あざ》だ。

マツリは、マツリの人生は、けして幸福ではない。

彼女がいるのは、暴力と支配の世界だ。

(わかっていたはずなのに。見えていたはずなのに。私、見たくなかったの?)

そうかもしれない。

虐げられて生きている小さな女の子の姿は、たやすく過去の自分と重なってしまう。思い出してしまうのが、つらかったのかもしれない。二度と戻りたくないあの日々に引きずられてしまいそうで、逃げてしまったのかもしれない。

蒼が先に気付いていたら、親に引き合わせようとなどしなかった。

もっと、別の対応が出来た。

でも、蒼は逃げた。

そして、マツリも逃げるしかなくなった。

(せめて、今度こそ)

ぼやけた視界の真ん中に、手を伸ばす。

赤いケープを摑み、蒼はマツリの体を抱き寄せた。

くしゃりとケープがしぼみ、蒼の腕に抱かれた体は細かった。悲しいくらい、軽かった。瓦斯でふらふらになっていたマツリは抵抗らしい抵抗などせずに、蒼に全体重を預けて薄いまぶたを閉じてしまう。

蒼は必死に彼女を抱き上げると、きびすを返して走る。一刻も早く、この谷から出よう。地獄から、マツリを引き上げるのだ。

石ころで何度も転げそうになりながら、蒼は走ることにだけ集中する。

マツリ。この名前は、本人の考えた偽名なのだろうか。

明里という名も闇を照らす灯明のようで美しいけれど、マツリには足りなかったのだろう。マツリの人生を好転させるには、もっと派手な祭りの明かりが必要だった……。

（私たち、あの、お祭りみたいな温泉街でこの子と出会った）

お祭りみたいな場所で、なんの苦労もなさそうな金持ち夫婦の後ろ姿を見て、きっとマツリは思ったのだ。

このひとたちについていけば、別世界へ行ける、と。

それはマツリの、精一杯の希望だった。

「蒼！」

魂を貫くみたいな鋭い声が響き、蒼ははっとして顔を上げた。

間を置かず、骨張った腕が蒼をマツリごと抱きしめる。硬くて強い、男の腕だ。嬉しくて、たまらなくて、蒼は思わず大きく息を吸ってしまった。

まだ少し異臭はする。

でも、それ以上に宗一の匂いがする。

大好きなひとが、自分とマツリを抱いてくれている。

蒼は必死に、回りにくい舌で言葉をつむぐ。

「宗一さま……マツリを、空気のいい、ところへ……」

「わかっている。地元の青年団と一緒に来ている、大丈夫だ。あなたもすぐにここを離れなければ」

耳元で囁かれ、蒼は心底安堵して体から力を抜いた。

ここはもう、地獄ではない。

自分は、帰ってきたのだ。

◇

「……マツリは？」

「もう眠りました」

「そうか。よかった」

蒼と宗一は小声で囁き合い、視線を合わせてかすかに笑った。

薄暗い旅館の部屋には布団が二組敷かれている。襖の向こうの部屋には、もう一組。そちらでは今、マツリがすうすうと寝息を立てているはずだ。

マツリを連れて旅館へ帰ったあとも、一悶着《ひともんちゃく》あった。

旅館へやってきたマツリの母だという女が騒ぎ立てたのだ。

彼女はじっとりとした色気のある若い女で、蒼が風呂に入っている間に宗一と蒼を誘拐犯呼ばわりしたあげく、そうでないというのなら金を出せ、とわけのわからないことを言って暴れたらしい。そのあとマツリが山から運び下ろされてくると、今度はまだ朦朧《もうろう》としているマツリ本人を『帰ってこないと殺すぞ』と脅しつけた。

結局痺《しび》れを切らした宗一が冷たい瞳で自分の名刺をたたき付け、女はあっさり態度を変えた。

『あら、城ヶ崎家のご当主さま！　これはこれは失礼いたしました。マツリが欲しいとおっしゃるんなら、構いませんよ。詳しいことは東京でお話ししましょ？』

毒々しい流し目で言い、女はマツリを置いて立ち去ってしまったのだ。

どうやら他の旅館に連れの男がいたらしいが、その男がマツリの父なのかどうか、そもそも母すら本物の母なのか怪しい話だ。

女とのやりとりを思い出したのか、宗一は壁に背をもたせてため息を吐く。

「あれはわたしにマツリを売りつけたつもりだろうが、帰ったらすべてきちんとする。あれが本当の母親か調べ、しかるべき措置を執るよ」

「……本当の母親だったなら、マツリを彼女に返すのですか？」

蒼は宗一の隣に座り、少し心配になって彼の顔をのぞきこんだ。自分がマツリの姿に見たものについては、すでに宗一には報告済みだ。

彼は疲れた笑みを浮かべ、蒼に告げる。

「いや。わたしが責任を持って、養子に出る手助けをするつもりだ」

「そうですか……！　ほっといたしました」

蒼が安堵の息を吐くと、宗一は何度か咳きこんだ。

「蒼。薬を……」

「ただいま、用意いたします！」

濁った重い咳《せき》に、蒼は慌てて水を入れた湯飲みと、薬を用意する。宗一がいつも飲んでいる薬と咳止めを見比べて、頭の中で診療録の覚えている項目を再生した。

この旅行の間は一緒に居る時間が長いからこそ、はっきり見えることもある。

(今日は、こちら)

蒼は片方の薬を袂《たもと》に落とし、宗一の咳が少し落ち着いたところでもう片方の薬を呑ませた。ぐったりと壁に体重を預け、薄いまぶたを閉じた彼の姿はぞっとするほど力なく、奇妙な色気に満ちている。山で力強く自分を迎えてくれた彼とは、別人のようだ。

(ご無理をさせてしまった)

蒼はきゅっと唇を嚙んだが、うっすら目を開けた宗一は微笑んでいる。

「……君があの山に入ったと聞いたときには、生きた気がしなかった。でも、終わりよければすべてよし、だ」

「無鉄砲なことをして、本当に申し訳ございませんでした」

深々と頭を下げる蒼の手を、宗一の手が覆う。少し発熱しているのか、熱い手だった。宗一は蒼の手を握るように力をこめて、ぽつぽつと語る。

「わたしが頼んだことだよ。君は従順だっただけだ。わたしの頼みで君にもしものことがあったら、わたしはその衝撃と罪悪感で死んだかもしれない」

（あなたに死なれたら、私も死ぬ他ない）

心の中では即答していた蒼だったが、口に出すことはしなかった。

目の前のひとが本当に弱っていることがわかったからだ。

呪いとは言葉から生まれる。死ねと言われた者が弱り、呪ってやると言われた者が万象を呪いだと勘違いする。いくらかは医学で対抗できるかもしれないが、言葉があるかぎり呪いも消えないものなのだ。

だとしたら、暗い言葉は呑みこもう。

蒼はそう心に決めて、囁いた。

「電信柱も、たまには役に立ちますね」

案の定、宗一はくすりと笑ってくれた。

「わたしには、いつも役立ってる」

優しくて、嬉しい言葉だ。

蒼は心底から微笑み、宿の使用人が敷いてくれた布団から掛け布団を剝いだ。

「お顔色が悪い……もう、床に入られてください」

「ひとりでは寂しいな。蒼も入るなら考える」

「あら、マツリみたいなことをおっしゃる」

小声で囁きあって、蒼と宗一は微笑みあった。

正直なところ、蒼も今日はくたくたに疲れている。一刻も早く、目の前の布団に飛びこんで眠ってしまいたいと思っていたところだ。

蒼がもう一組、自分のほうの掛け布団も剝ぐと、宗一は素直に自分の布団に入った。

蒼も自分の布団に潜り、襖の向こうに向かって耳を澄ませる。

マツリが起きた様子はないと確認し、ころんと宗一のほうを向いた。

「マツリ、可愛《かわい》かったですね」

「別れがたいかい？」

宗一も少し蒼のほうに顔を傾け、急に核心を突くようなことを聞いてくる。

別れがたいだなんて、今の今まではっきり思ったことはなかった。

でも、確かに、この胸の痛みとむなしさは、そういうことなのかもしれない。

蒼は少し考える。

自分はマツリと別れがたい。マツリは、どうだろう？　自分がマツリだったら、今後どうやって生きていきたいだろう。蒼の人生は少々特殊だ。自分では知らぬうちにどん底にいて、それを宗一が救ってくれた。

兄のように、先生のように、見知らぬ親切な親戚のように。

その思い出は、今も蒼の中できら星のように輝いている。

蒼は囁く。

「私、あの子の、親切な叔母のようになりたいです」

口に出してみて、蒼はますます自分の案が気に入った。

たとえば、手紙を書いて近況を聞いたりして。大変なことがあれば、相談に乗ったりして。読んで楽しかった本を送ったりもして。たまに会って、美味《おい》しいものを食べさせたり。楽しげな芝居を見たり。

マツリとそんなことができたら、自分はどんなにしあわせだろう。

蒼は自分の想像の中でしあわせにたゆったっていたのだが、宗一は付け足す。

「叔母でいいのかい？　母親になる、でも構わないんだよ」

(私が……マツリの？)

今さらマツリを産むことはできない、と間抜けなことを考えてから、蒼は慌てて考え直す。宗一だってそんなことはわかっている。

つまり。

「マツリを、城ヶ崎家の養子に？　本当ですか？」

蒼は愕然《がくぜん》として言い返した。

この時代、養子を取ること自体はよくあることだ。とはいえ、城ヶ崎家の養子となると話は別である。その子はいずれ、城ヶ崎家の財産を受け継ぐことになるのだから。

（私のような馬の骨を妻にしただけでも風当たりが強かったに決まっているのに……本当に、マツリを養子にしてもいいと思っていらっしゃるの？）

蛮勇である。投げやりだと言ってもいい。

蒼はまじまじと宗一を見たが、宗一はさらりと言い返す。

「ああ。君には、なんだってできる。わたしにできることは、なんでも」

私に、そんな力があるはずがない、と言いそうになって、蒼は唇を引き結んだ。

蒼は、ずっと蒼でしかない。

手品団にいたとき、親戚の家にいたとき、燃える家にいたときの蒼と、同じ蒼だ。

だが、宗一が言うように、今の蒼は城ヶ崎家の一員である。昔よりもできることは少しだけ増えた。そのことはけして忘れず、力にまつわる責任を背負っていかなくてはならないのだ。

「――よく、考えます。宗一さまの子どもも、欲しいですし。そのことでマツリが悩んでは可哀想《かわいそう》だから」

蒼が真剣に言うと、宗一は少し驚いた顔をして咳きこんだ。

蒼は慌てて自分の布団を押しのけ、布団の上から宗一の背をさする。

「あ！　あの、子どもはもちろん、宗一さまのご病気が治ったら、の話ですので……！」

「……そうだね。柄にもなく驚いてしまった」

苦笑する宗一は、いつもより毒も含みもない柔らかな顔をしていた。そのぶんなんだか申し訳なくて、蒼は小さくなってしまう。

「すみません……」

謝って布団を直そうとすると、宗一はその手をそっと押さえた。

「いいんだよ。わたしも同じ気持ちだから」

優しく言われてしまい、蒼は顔が火照ってしょうがなくなってしまう。自分から切り出すぶんには何も恥ずかしくないのに、宗一に言われてしまうと、どうしてこんなに戸惑うのだろう。

宗一はくすくすと笑って自分の布団を持ち上げると、蒼を招いた。

「おいで。今夜は一緒に眠ろう」

「は、はい！」

思わず大きな声が出そうになり、蒼は慌てて自分の口を両手でふさいだ。思えば城ヶ崎邸では寝室が別なせいもあり、文字通り『床を共にする』ことすらなかったのだ。

（なんだか罪なことをしているような気分だけれど……私たちは立派な夫婦なのだから、当たり前のことのはず）

先走って走り出す心臓に言い聞かせ、蒼はそうっと宗一の布団に入る。

すぐに長い腕が蒼を抱き寄せてくれて、蒼は宗一の匂いと熱にすっかりと包まれた。

ほう、と自然に息が漏れて、心の底から安堵が湧き上がる。

蒼は、宗一の胸に頭を擦《こす》り付《つ》ける。

宗一の手が髪を撫で、彼の頬が蒼の髪に触れる。

清く正しく抱き合っているだけなのに、ふたりは大層近くに居た。

（心が、きもちいい）

むき出しの心と心が触れあっているような心地よさの中で、蒼のこわばりは溶けていく。ひとりよりもふたりのほうが安心だなんて、そんなこと、昔は想像もできなかった。

ずっとこうしていたいのに、蒼はほどなく眠気の波に呑まれてしまう。

最後に残った意識の中、蒼は、マツリもこんな気分で眠れていたらいい、と思った。

◇

蒼と宗一とハチクマ、そしてマツリは、翌日一日ゆっくり休んだ後、東京へと帰ることになった。

「色々とお騒がせいたしました」

すっかり旅支度を整えた蒼が深々と礼をすると、旅館の女将も負けじと深い礼をする。

「いえいえ、素敵なご夫婦に泊まっていただいて、光栄でございました。是非また、来年もいらしてくださいな」

「はい！　マツリ、来ます！」

ぴょこん、と手を挙げたのは、蒼の隣に正座していたマツリだ。

後ろに控えていたハチクマが、すかさず口を挟む。

「おいこら、お前が答えるところじゃねえだろうが！　お騒がせの元凶がよぉ」

「だってマツリ、来たいもの。ハチクマも来るでしょう？」

ハチクマの威勢はいいが、マツリはそんなことではひるまない。彼女の大きな目でじいっと見つめられてしまうと、ハチクマは、うっ、と顎を引いた。

「そりゃぁ俺だって来たいけど……いやいや、だから、なんでお前が決めるんだ⁉」

その後もわいわいやっているハチクマとマツリを微笑ましく見つめながら、蒼は返答に困っていた。来年だの、その先だのの話をすると、宗一があまりいい顔をしないのを知っていたからだ。

「そうね。来年のことは、なかなかわからないものだし」

蒼が曖昧な笑顔で言うと、宗一がさらりと答える。

「いいんじゃないか。マツリが別の家に行ったとしても、年に一回くらい、一緒に旅行するのは構わないだろう」

「宗一さま……」

蒼は驚いて宗一の顔を見る。

おとついよりは大分顔色がよくなった、彫りの深い顔。

いつもどおり落ち着いて見えるが、以前とはどこかが違うような気もする。

気のせいかもしれないが、ほんの少しだけ、先を見つめ始めてくれたような気がする。

思わずまじまじと見つめてしまう蒼だが、宗一はすぐにはすべての気持ちを見せてはくれない。自然な所作で彼女から視線を外して、立派な玄関の外を見た。

「それはそうと、外が騒がしいな」

(言われてみれば、ざわついているかも)

蒼の視線と思考も、つられて玄関の外に向いた。

旅館の女将もちらと外へ視線をやってから、曖昧に言葉を濁す。

「ああ、いえ、ちょっと、お葬式がね」

「葬式。この辺りの者かい?」

「ええ。この辺じゃ名物だった、饅頭屋の主人が急に亡くなりまして」

宗一の問いに、女将が静かに答えた。

蒼の脳裏に、饅頭屋の男の姿がひらめく。見るからに病篤《あつ》かった彼が亡くなったというのなら、間違いなく病死だろう。

「あそこの、おいしいおまんじゅうのひと? 死んじゃったの?」

マツリが少し不安そうに聞いてくる。

蒼は答えず、代わりにマツリの手をきゅっと握ってやった。マツリはすかさず、手を握り返してくる。ふたりはどちらからともなしに身を寄せ合い、互いの体温で少しだけ安堵した。

蒼たちの様子を微笑ましく見つめ、女将は声を少し明るくした。

「まあ、元から病気だったみたいだしねえ。布団や寝間着の乱れすらない、眠るみたいな最期だったっていうから……。ぽっくり逝けて、よかったんじゃないかね。長く苦しむのは嫌なもんだからさ」

女将の言うことはその通りだが、蒼は違和感にぴくりとする。

（布団や、寝間着の乱れすらないまま、ぽっくり？　私が見たときには、まだまだ体力もありそうだったのに？）

蒼が見たかぎりでは、饅頭屋の男の死期はまだもう少し先だった。

現在の医療ではどうにもできないだろうが、生来の体の強さで、しばらくは生きていられるだろうと思ったのだ。そして死ぬときには、痛みで苦しみながら死ぬことになるだろう、という予想もついていた。

それが、昨晩、眠るように死んだ。

（……本当に、病気で亡くなったのかしら？）

紙に墨汁をぽちりと垂らしたかのように、疑念が蒼の胸に染み入っていく。

「蒼？　どうしたんだい」

宗一が物憂げに聞いてくるので、蒼は慌てて顔を上げた。

気付けば宗一は靴を履き、玄関に立っている。

「すみません、ぼうっとしてしまって。行きましょう、マツリ」

「はい！」

元気よく答えるマツリを連れて、蒼は靴脱ぎ石にそろえられた雪用の洋靴に足を押しこんだ。旅館の男がガラガラと戸を開けると、雪に反射した光と、寒気がふうわりと玄関に入りこんでくる。

蒼が靴紐《くつひも》をきれいに結んで顔を上げたとき、特徴的な人影が、日よけ暖簾の向こうを歩いて行くのが見えた。

それは、杖《つえ》をつき、薬箱を背負った、薬屋の姿だった。

第四話　死は甘美なる毒

正月休みが終わると、医学校は元のように勉強一色に染め上げられた。

医者になるための医術開業試験は難関で、いくら医学校に通おうとも、医院に勤めて腕を磨こうとも、この試験を通らなければ医者にはなれない。

合格のためには前期三年後期七年とさえ言われている。

「……とはいえ、あなたときたら」

「どうしました？　千夜子《ちよこ》さん」

先に医学校の階段を下りていた蒼《あおい》は、千夜子のため息を聞いて振り返った。

講義の後、荷物をまとめた千夜子と蒼は医学校の玄関ホールに向かっている。

千夜子は小気味よい音を立てて階段を下りながら、蒼に話しかけた。

「勉強で忙しいうえに病院の当直のお手伝いだなんて、もう実地試験を意識しているのかしら、余裕ね、という話よ」

「余裕なんかありません……！　ありませんが……せっかく旦那さまの許可が出たのです。実習の機会は、逃せませんから」

そう言う蒼は、今日は家に帰らず医学校付属の総合医院の夜勤手伝いをする予定だ。試験はもちろん大事だが、蒼にとって一番大事なのは宗一《そういち》の命。一刻も早く宗一の病気を突き止め、治さなくてはならない。

そのために大切なのは、本で知識を得るよりも、実体験を重ねることだ。

「私は少しだけいい目を持っていますが、結局のところ、見たことのあるものしか思い出せないのです。だから、ひとつでもたくさんの症例を見なくてはならない」

そうつぶやいた蒼の横顔は、少々深刻すぎたのかもしれない。

千夜子はふと、心配そうな顔になった。

「……ごめんなさい。言い方が悪かったわ。私、心配だったの。城ヶ崎《じょうがさき》先生のご看病もあるのに、泊まり込みだなんて。蒼さん、普段なら絶対しないでしょう？」

「それは……」

宗一のことを持ち出されてしまうと、蒼も思わず言葉に詰まる。

千夜子の言う通り、蒼は今まで、夜はできるかぎり城ヶ崎邸にいることにしていた。ひと目の少ない夜中に、宗一の具合が悪くなるのが恐ろしかったからだ。

それなのに今日、蒼が夜勤をするのには理由がある。が、その理由は、城ヶ崎邸の外の者に漏らすには時期尚早なのだ。

蒼が口ごもっていると、千夜子はあわあわとうろたえる。

「あ、あの、私は蒼さんを責めようとなんか思っていないの！　城ヶ崎のお家《うち》にはたくさん人手があるでしょうし、蒼さんが毎晩病床に詰めている必要なんかないのよ。でも、その、あのっ……」

「千夜子さん、大丈夫ですか？　一体どうされました？」

蒼が逆に心配になってきて問うと、千夜子は頬をほんのりと染めて顔を背けた。

「つまり……私は、蒼さんの体が心配なのよ！」

「えっ」

蒼はびっくりして千夜子の顔を見つめる。

千夜子は一生懸命、右や左を見て蒼の視線を避けたが、結局諦めて恥ずかしそうに蒼と視線を絡めた。西洋人形のような美貌を心細そうな色に染め、千夜子は言う。

「ごめんなさい。薄情でしょう？　もちろん、城ヶ崎先生の容態だって心配。だけど千夜子は、勝手だから。蒼さんには健康で長生きしてほしいし、しっかり勉強もして、一緒に……できれば、同期の女医に、なってほしいの」

「千夜子さん」

蒼はとっさに千夜子の名を呼び、そのあと、胸にしみてきた感動のせいで喋《しゃべ》れなくなってしまった。蒼は自分の胸に手を当てて心を落ち着け、笑みをこぼす。

「私、もう、死んでもいいです」

「死⁉　やだ、駄目、私が許さないわ、そんなの！」

「本当に死ぬという話ではなくて、千夜子さんにそんなふうに言ってもらえるなんて光栄すぎて。心残りがなくなってしまうくらいしあわせです、という意味です！」

「わかっているけれど！　わ、わかっては、いるけれど、冗談でも『死んでもいい』ではなくて、ちゃんと私と一緒に医者をやると言ってほしいの……！」

必死に言いつのる千夜子が可愛《かわい》くて、たまらなくて、蒼は思わず手を伸べた。そのまま彼女を胸にかき抱き、耳元に囁《ささや》く。

「千夜子さん……。あなたは、夜空に輝く北極星のような方」

「ほ、北極星って。私なんか所詮は人間よ、なんなら蛋白質《たんぱくしつ》よ」

蒼にぎゅっと抱きしめられたまま、千夜子はもごもごとつぶやいた。蒼はくすりと笑い、小柄な千夜子の頭に自分の頬を擦《こす》り付《つ》ける。

嬉《うれ》しかった。出会えてよかった、と、心から思った。

こんなにも可愛らしくて、誇り高くて、賢くて、強いひとが、共に行こうと言ってくれる。蒼にとっては望外のしあわせだった。

蒼のひととしての足もとは、宗一がしっかりと固めてくれた。

そして、医者としての行く先は、千夜子さえいれば迷わずに済むのだろうと思えた。

（きっと、医者になろう。このひとと、なろう）

胸を震わせながら、蒼は囁く。

「千夜子さんは、一生そうして輝いていてください……私、必ずあなたを仰ぎ見て追いかけますから」

「なんであなたが追いかける方なの!?　成績だって体力だって、あなたのほうがいつも僅差で上なのにっ！　んもう、しょうがない方！」

「ふふ。千夜子さん、本当に可愛い」

「んもう！　本当に、恥ずかしいひと。ふふっ」

ふたりは結局、お互い抱き合ったまま笑い出してしまった。周囲の好奇の目など気にせずしばらく笑い合ったあと、蒼と千夜子は互いの健闘を祈って別れを告げる。

ふたりとも、また明日にはこの学校で会うつもりの別れだった。

◇

自宅へ帰る千夜子を見送ったのち、蒼は千夜子からもらった温かな気持ちを胸に、医学校の別棟にある医院へ向かう。

「失礼します。医学生の城ヶ崎です。これから夜勤に入ります」

内科診療室の裏から声をかけると、年配の医師が、ああ、と疲れた声を上げる。

「着替えは更衣室にあるよ。君、案内してあげたら」

医師が傍らの看護婦に声をかけたのを見て、蒼は控えめに切り出した。

「ありがとうございます。以前、休日にお手伝いしたときに案内していただきましたので、勝手にやってよろしければひとりで……」

「そう？　だったら頼むよ」

「はい！」

元気に答えて、蒼は更衣室へと引っこんだ。

この医院の看護婦は皆看護学校を出ていて衛生知識もあるし、医師の助手として役に立つ職業婦人だから、蒼はひっそりと尊敬していた。

（私の案内などで手をわずらわせていいひとたちではないわ。専門職なのだもの）

蒼がそう思うのは、明治の初期までは日本には専門教育を受けた看護婦が存在しなかったせいもある。蒼にはあまり記憶がないが、そのころは一般女性が看病婦という名で雇われるのが普通だったそうだ。当然ながら彼女たちの能力はまちまちで、担当するのは簡単な作業、力仕事、汚れ仕事だったのだ。

そんな状況を変えるべく看護学校が作られ、看護婦は徐々に専門職化している。医師にとっても、患者にとっても、看護婦たち本人にとっても、いいことに違いなかった。

蒼も今夜は、看護婦たちと同じ仕事をしていく。

まずは入院患者たちの資料を確認し、ひとりひとり様子を見て回った。

（まぶしいくらいに、情報が入ってくる……）

誰もが病人なのだから当然かもしれないが、蒼の頭の中にはどんどん彼ら、彼女らの病状がとびこんできた。蒼は情報に溺れないように注意しながら、カルテと見たものを照合し、決定的な食い違いがないかを確かめていった。

（在澤《ありさわ》先生の手術を受けた患者さんは、いつも安定している。本当に切るのも縫うのもお得意なんだわ）

そんなことを考えながら、蒼はふたつめの大部屋病室に入った。

この医院の入院用の部屋はさして多くはない。六人入る大部屋がふたつ、個室がひとつ、万が一のときには個室に使える部屋がひとつという構成で、本日は大部屋の片方は満室、片方はふたつの寝台が埋まっている。

ふたつめの部屋の患者が極端に少ないのは、最近何人か重症化で転院したためだと、資料には書いてあった。

（あら……？）

ふたつめの部屋に入るなり、蒼は奇妙な気分に襲われる。

大きな窓から夕日の差しこむ病室。消毒薬の匂いも含めて、蒼には見慣れた光景だ。

だが、どこかに違和感がある。

一体、どこに？

内心首をひねりながら寝台の間を歩き、蒼はひとつの寝台の前で足を止めた。

（私……この方を、どこかで、見た……？）

こうも曖昧な疑問を抱くのは、記憶力抜群の蒼にしては珍しい。

だが、どうも確信がないのだ。

病室の寝台に横たわっているのは、かさかさに乾いた老人だ。八十歳にも九十歳にも見える皺《しわ》の寄り方だが、ひょっとしたら病気のせいで、実際にはもっと若いのかもしれない。なぜなら彼の白髪は肩に届くほど長く、量もそこそこあったから。

彼が何の病気なのかは——よくわからない。

まぶたは閉じられ、呼吸は浅く、顔色は生き物のようには思われないほど白い。

蒼が足を止めてじいっと見つめていると、不意にかさついた唇が動いた。

「看護婦さん……水を……頂いても、いいですか……」

今にも消え入ってしまいそうな力ない声に、蒼は慌てて枕元の吸い飲みを手にする。

目を閉じているから自分のことは気付かれていないかと思ったが、勘のいい老人だった。

蒼は彼を助け起こし、心から詫《わ》びをする。

「もちろんです。すみません、ぼうっとしてしまって」

「いいんですよ。ぼうっとしているのは、気持ちがいいですからねえ」

かすれ声で囁く老人は、幸い怒ってはいないようだ。

蒼は彼に丁寧に水を飲ませてやった。

「すみません、本当に。患者さんがお辛《つら》いときに、お気持ちに寄り添えなくて」

本心からの言葉だったが、それを聞いた老人は急に目を開く。

不思議なくらい黒い目がぎょろりと見上げてきて、蒼は少々ぎょっとした。

「気持ちに寄り添う？　やめなさいよ、そんなこと。楽しい気持ちに寄り添うんならともかく、病人の辛い気持ちにばかり寄り添い続けたら、あなた、死んでしまいます」

死んでしまいます、という言葉が妙な迫力をもって響くのは、なぜだろう。

蒼はかすかな息と共に動揺を吐きだし、かすかに微笑《ほほえ》む。

「死にはしませんから、大丈夫ですよ。私は患者さんがご快癒されていく、明るい気持ちにも寄り添って参りますから」

「お嬢さん、あなた間違ってる。死なない人間はどこにもいません。病院なんかにいたら、明るい気持ちよりも、死の呪いのほうが胸に溜《た》まるに決まっていますよ」

老人の声は小さかったが、言葉は、ずくん、と蒼の心の深いところに通った。

ひとは誰しも死ぬ。

——宗一だって、いつかは死ぬ。

それは蒼が見ないように、考えないようにしていたことだった。

蒼がどれだけ頑張っても、どれだけ立派な医者になっても、宗一を生かすことだけを考え、その死を絶望と捉えていたら、いつかは蒼は絶望する。

死は避けようがないものだから。

「なら……私は、一体、どうしたらいいのでしょう？」

蒼は、自分でも意識しないうちに、老人に問いを投げていた。

（いけない。患者さんに、こんなこと）

すぐに撤回しようと唇を湿したとき、老人は言う。

「ぼうっとなさいよ」

「ぼうっと？」

意外な答えに、蒼は軽く目を瞠《みは》る。

老人は目を細く開けたまま、不思議なくらい楽しそうな顔をして言った。

「そう。ぼうっとするのが一番です。心を失うんです。虚《うつ》ろになるんです。そうしていれば、あっけらかんと生きられる。あっけらかんと自分を騙《だま》して生きていける」

「…………」

何か、答えねばと思った。なのに、何も出てこなかった。

頭の中に、色々なものがよぎる。

あっけらかんと笑う在澤の顔。心が欠けているからこそ手術が上手《うま》い、医師の顔。

いつも憂いをまとった宗一の顔。彼は死病に憑《つ》かれているから、常に笑顔ではいられない。

炎の向こうで笑う両親の顔。名医だったのに、火をつけられて死んだふたり。

そのほかにも、今まで出会った数々の患者たち、医師たちの顔がぐるぐると頭の中で渦を巻く。助けを求める患者たちを、蒼は心から助けたいと思った。

でも、最後にはみんな死んでしまうのだ。

ひととき死期を延ばしたからといって、なんになる？

勉強したからといって、お前は本当に患者を助けられるのか？

お前の宗一を、助けられるのか？

五月雨のように降ってくる問いの答えが、浮かばない。

「っ……、すみません。また、来ますね」

蒼はふらつく足を踏みしめてきびすを返す。

(情けない。患者さんの一言で、こんなふうになってしまうなんて)

蒼は無力感にさいなまれ、ぎゅうっと拳を握りながら病室を出た。

その背中に、老人の声が追いすがってくる。

「お嬢さん。覚えておいてください。ひとを本当に救うのは、医学じゃない。ぼうっとしたまま、何も感じず、死ぬことだよ」

◇

蒼は宿直室で少し呼吸を整えたあと、気を取り直して業務に励んだ。

やることさえあれば、ぐずぐずと暗く考えこむ時間も減る。

蒼はせっせと入院患者の夕食と薬の介助をして、体を拭き、気になったことを帰り際の医師に報告した。熱心に励んだせいで仕事は手早く済んでしまい、蒼がするべきことは早々と待機のみになってしまう。

「……困ったわ」

蒼は宿直室の机に向き合い、深いため息を吐く。

二段ベッドと粗末な机椅子、簞笥《たんす》を備えた宿直室には、今夜は蒼ひとりだけだ。

おかげで、先ほど追い払った思考がじわじわと蘇《よみがえ》ってくる。

今まで頑張ってきたすべてが砂の城だったような気分で、どうにも力が出ない。

(こんなことでは、駄目。いけない、いけない、蒼)

蒼は両手で強めに自分の頰を張ると、オイルランプのおぼろな明かりを強くする。

今日は宿直の医者はいない。入院患者に急変があったら、近所に住んでいる医者をたたき起こすのが蒼の役目だ。

（ひとの命が私の肩に掛かっている。余計なことを考えている場合じゃない。きっと、千夜子さんも、宗一さまも、お父さまも、同じことを言ってくださるはず）

自分に気合いを入れながら鞄《かばん》を探り、取り出したのは一冊の和綴《わと》じの本だった。

父が生前に書いたこの本を、蒼は最後まで読みきらずにお守りのようにどこへ行くにも持ち歩いている。父の書いた本はこれ以上増えないと思うと、読み切るのがもったいないような、怖いような気持ちだったからだ。

今は、その選択をした自分を褒《ほ》め称《たた》えたい。

（私の迷いを吹き飛ばすようなことが、この中に、ひょっとしたら書いてあるかも。お父さまは死ぬまで医者だった方だもの）

すがるような気持ちで本をランプの下に置き、蒼はとぷんと文字の世界に沈んだ。

著書の中で、蒼の父親は必死に土地に根付いた病と闘っていた。

そんなものは呪いだ、土地のせいだから仕方ないのだ、行いが悪い奴がなるのだ、逆らうと酷《ひど》い目に遭う、などという村人たちを必死に説得し、行いが悪い奴に味方するのか、という意見と戦い、科学的な治療を積み重ねていた。

（お父さまは、戦っていた。周囲に何を言われても、負けなかった）

本に書かれている一文、一言が、ぐらぐらになった蒼の心を補強してくれる。

父は、確かにここにいるのだ、と蒼は思った。

父が戦った印は、確かになってここに残っている。

蒼はいつしか前のめりになって本に没頭していた。

父は薬屋と戦うこともあった。科学的根拠のない、高価な生薬ですべてが治るという薬屋が現れ、研究の邪魔をしたのだ――というところまで読んで、蒼は、急に頭の中にひとつの光景が浮かぶのを感じた。

「え……？」

思わず声が出る。

浮かんできたのは、まったく関係のなさそうな二つの景色だったのだ。

鮮やかな色の着物を着た女と洋装の男が歩いて行く。資生堂パーラーの見事な看板。

そして、雪の温泉街。美味《おい》しそうな匂いのする湯気が漂う道。立ち上る湯煙。

「……同じだ」

蒼の唇から、言葉がこぼれる。

まったく違う景色の中で、たったひとつの要素だけがまったく同じだ。

薬屋である。銀座で出会った薬屋と、温泉街で出会った薬屋。温泉街では「まさか」と思ったが、やはりこのふたりは似すぎている。

そして蒼は、もう一度、同じ薬屋に会った。

しかも、ついさっき。

（え……？　本当に……？　今、この医院に入院している青木《あおき》さん……あの方も、同じ人物だというの……？）

蒼は自分の出した結論が信じられず、思わず自分と対話してしまった。

本当に？　さっき吸い飲みで水を飲ませた老人は、過去二回会った時よりもずっと年寄りに見えた。だが記憶を精査してみると、基本の骨格や匂い、その他は変わっていない。

間違いない。

蒼は、同じ人物に三回出会っている。

（不思議な偶然だわ。そもそも、どうして今そのことに気付いたんだろう。私はお父さまが薬屋と敵対したという話を読んだだけなのに）

直感が強いほうとはいえ、こんな経験は滅多にない。

蒼は戸惑いながらも、とりあえず本の頁《ページ》をめくった。

父の研究は病の原因についていくつか仮説を立てたところで、現地の協力を得られなくなり、終わっていた。協力が途絶えた理由としては、今まであった迷信や、それを助長する薬屋の存在があったようだ。

結局、父は呪いに負けてしまったのだろうか。

こわごわ、最後の頁をめくる。

『だが、わたしはまだこの研究に希望を持っている』

と、父は続けていた。

最後から二番目の行を読み、蒼は大きく目を見開く。

そこにはこう書いてあったのだ。

『わたしもまた、同じ病に冒されていると判明した。これからは、自分の体を実験体として、研究を続けていく』

（お父さま）

蒼は心の中で父を呼ぶ。

（お父さま。お父さま。お父さま……）

繰り返し呼んでも、当然ながら返答はない。

目の前の本は、こう締めくくられている。

『この命が、少しでも明るい明日に続くよう、全力を振り絞っていきたい』

そこで、おしまい。

じりり、と、ランプの芯が音を立てる。

蒼は、しばらくその場から動けずにいた。

──りりりりん。りり、りん。

彼女がようやく我に返ったのは、病室のほうから呼び鈴の音がしたときだ。

「っ……！」

患者が、蒼を呼んでいる。

弾《はじ》かれたように立ち上がり、ランプを摑《つか》んで暗い廊下に飛び出る。

一瞬目の前がぐらりとしたが、ぎゅっと唇を嚙《か》んでどうにか耐えた。

原因はわかっている。父の壮絶な生き様に、酔ったようになっているのだ。

(揺れるな、揺れるな。心が揺れるから、目の前もぐらつくんだ。揺れるな、迷うな。やるべきことを、するんだ。私は、ひとを、救うのだから)

自分に必死に言い聞かせて、蒼は大部屋をのぞきこむ。

ここは、ふたりしか患者がいないほうの部屋だ。

つまり薬屋がいる部屋、ということになる。

「大丈夫ですか？」

蒼はランプを差し入れて、真っ暗な室内へ入っていく。

空っぽの寝台が、一、二、三、四。

膨らんでいる寝台が、一。

薬屋が寝ていたはずの寝台は——空だ。

「……！」

蒼が慌てて駆け寄ると、足下に毛布の塊が転がっている。

ちょうど、人間ひとりくらいの塊だ。

寝台から落ちたのだ、と、思った。

「大丈夫ですか？　青木さん？　青木龍源《りゅうげん》さん？」

蒼は毛布の塊の脇へ膝をつき、ランプを置いて毛布の端に手をかけた。力をこめて毛布を引っ張ると、不思議なくらい軽い感触が手に伝わってくる。

「え？」

毛布の中にあったものが、ころんと床に転がる。

おそらくは、着替えを紐《ひも》でくくったものだろうか。

青木は、あの薬屋は、一体どこにいった？

蒼が一瞬思考停止したとき、襟首にほんのかすかな痛みが走る。

(つめたい)
細い細い針を刺されたような感覚だ。
間違いない。背後から、襟首に針を刺された。
恐怖は追いついてこなかった。
(誰が、こんなこと)
呆気《あっけ》にとられたまま、蒼は、できるだけ素早く振り返ろうとした。
が、ばかばかしいくらいのろのろとしか動けない。
毒だ、と思った。
多分、毒を打たれた。
なんで?
わからない。
蒼がやっとのことで振り返ってみると、視界が酷くぼやけているのがわかった。
視界の端でランプの光がハレーションを起こしている。
チカチカする奇妙な視界の真ん中で、老人が笑っている。
手にしているのは、長い針だろうか。
彼は囁く。

「おやすみ、海鳴《みなり》のお嬢さん」

なんでその名字を、と思ったけれど、口に出すことはできなかった。

（落ちる）

そんなことを考えたのが最後。

蒼の体は力を失い、その場にどさりとくずおれる。

◇

鷹泉総合医院《たかいずみそうごういいん》の宿直中に、医学生、城ヶ崎蒼が失踪。

同日、同じ医院の入院患者二名も失踪。

うち一名は、不忍池《しのばずのいけ》で水死体となって発見される。

その事件は被害者の夫である富豪の意向で新聞を賑《にぎ》わせることはなく、翌日になってもまだ知る者はごく一部であった。警視総監のもとには報告が上がっていたが、彼は今、それどころではない。

（そもそも、市民の評判が悪いところに……）

警視総監は新聞を前に、丸眼鏡を執務机に置き、眉間を揉《も》みこむ。

ここは八重洲《やえす》の警視庁舎、時は夜更けである。

本来ならばとっくに屋敷《やしき》へ帰って強い洋酒でも一杯引っかけて眠ってしまいたいところだったが、最近は悩みが多かった。

江戸から明治時代に移り、岡っ引きの世界から警察の世界へと日本の治安維持機構は大幅に変化した。東京でのそれは、犯罪の取り締まり担当が江戸っ子から薩摩《さつま》などの元地方藩士に代わったという意味も持つ。

義理人情、ご近所さんの世界からの様変わりに、市民は大いに戸惑った。そして反発もしたのである。ここ最近、市民の集会の取り締まりで、ますます市民と警察の溝は深まっている。新聞に躍るのは、よりによって警視庁不要論だ。

警視総監は執務室でひとり、新聞とにらみ合っていた。

ぼーん、ぼーん、と、舶来ものの時計が夜の十時を告げる。

「……帰るか」

いつまでもここで書類とにらみ合っても、事態が変わるわけではない。

そう思って立ち上がったとき、執務室の隅から涼やかな声がした。

「少々お待ちを」

「⁉　だ、誰だ⁉」

一瞬、幽霊でも出たのかと思った。が、生きた人間であるほうが大問題だ。目玉をひんむいて凝視すると、確かに部屋の隅のひとりがけソファに、軍服の人影がある。

（一体いつの間に、執務室に？　警備はどうなっとるんだ）

拳銃を隠してある引き出しを開けようとするものの、動揺のあまり上手く開かない。

その間に人影は音もなく立ち上がり、執務机のほうへと歩いてきた。

ランプに照らされた顔は、ぞっとするほど美しい。峻厳《しゅんげん》な山々を思わせるような険しい美しさを持つ男が、まるでひとの情を感じさせない笑みを浮かべる。

「失礼。閣下がねむそうだったもので、無断で入ってきてしまいました」

「──貴様は……？」

見たことのある顔だ、と、総監の頭のどこかが叫ぶ。

だが、あまりにも多くの人間と出会い、別れてきた彼の頭の中から、相手の顔は容易には出てこない。

男はそんな総監を元気づけるように、自分の名を囁いた。

「城ヶ崎宗一と申します。何度か園遊会でお会いしました。城ヶ崎の名で小商いをやっておりまして、陸軍での階級は少佐」

(奴か。城ヶ崎の)

園遊会だの少佐だのという単語よりも、城ヶ崎の名が一番の問題だった。

城ヶ崎家は大商人である。最初は小さな鉄砲問屋から始まり、今はありとあらゆる商売に城ヶ崎が絡んでいると言っても間違いではない。元々の商いの内容から陸軍とも懇意で、城ヶ崎の当主ともなれば陸軍はどんな便宜でも払うだろう。

そして、陸軍と警視庁はけして仲がいいとは言えないのが現状だ。

「君が、なぜ、ここにいる」

冷静を装って声をかけながらも、警視総監の背筋には冷や汗が垂れている。

目の前の男は爆発物だ。誤って怒らせてしまったら、自分の地位が脅かされるのはもちろん、警視庁という組織ごと吹っ飛ぶ可能性すらある。

「奇妙な事件が起きたので、ご相談をしたいと思いまして」

穏やかを装う声の裏に、カミソリのように薄い刃が仕込まれているのがわかる。

警視総監はこくりと唾を呑《の》んだ。

そうかそうかと折れてしまいたいところだが、弱気に出過ぎるのも得策ではないかもしれない。警視総監はどうにか己を立て直し、若者を叱責する口調に切り替える。

「事件の相談ならば、まずは手順を踏みたまえ。君ほどの者が、こんなこそ泥のような真似《まね》をするな！」

「なるほど。ならば、わたしも閣下の言い分を真似させていただいて」

「なんだと？」

太い眉を寄せた警視総監に、宗一は静かに告げた。

「天下の警視庁が、誘拐犯をかばいだてするな」

「なんの話か――」

言い返そうとしたが、なぜかそれ以上声が出なかった。気付けば喉がからからになっていて、声を発するのが難しい。

自分はおびえているのだ、と、少し遅れて気付いた。

宗一は芸術的なほどに体に合った軍服姿で、気鬱そうに目を伏せて見せる。

「昨晩、わたしの妻がさらわれました。病院の夜勤中のことです。同時に消えた入院患者がふたり。そのうちのひとりは、すでに変死体として見つかっております」

その事件を聞いて、警視総監はぴんと来た。

奴だ、と、思う。

そして同時に、愕然《がくぜん》ともする。

（奴が、城ヶ崎の奥方に手を出したということか……？　面倒な……！）

内心地団駄を踏みたい気分だったが、それをそのまま行動に移すわけもない。

警視総監は沈痛なため息を吐いて見せる。

「そうか……。それは気の毒なことだった。犯人は奥方をさらい、目撃者たる男を殺したのだろう。奥方は我々が責任を持って……」

「死んだのは男だなどと、わたしは一言も言っておりませんよ」

宗一に斬りこむように言われ、警視総監はぐっと言葉に詰まる。

宗一はその間に身を乗り出し、少々芝居がかった調子で話し出した。

「この手口、わたしには思い当たるふしがあるのです。ここ数十年、断続的に起こっている、暗殺なのか自然死なのか判別のつかない事件。特に犯罪を立証できていない容疑者や政治家など、手を出しづらい方々が犠牲となってきました。彼らは原因不明の病、もしくは毒で亡くなるのですが、共通点として、出身や階級、活動範囲がまったく関係の無い者が道連れになる」

「……何が言いたい？」

素っ気ない警視総監の問いに、宗一は即答する。

「これらの事件の裏には、暗殺者がいるのではないかと思うのですよ。それも、共犯者を毎回使い捨てていく暗殺者が」

（お前がそれを言うか）

警視総監は内心吐き捨てる。

この男は陸軍少佐だと言ったが、これほどの人物が戦場に出たわけがない。戦場に出ずにこの出世具合となれば、おそらく諜《ちょう》報《ほう》活動に身を投じていたのだ。諜報活動には、彼の容姿も、社交慣れした生まれや立場も、必須のものだ。

となれば自分も暗殺者を使ったことくらいあるだろうに、さも今思いついたかのように言う。実にいい根性、という他ない。

宗一は続ける。

「おそらく、ひとりで全てを為《な》すには体力が足りないのでしょう。女子供、もしくは老人なのかもしれません。警視庁としては、そういった暗殺者にお心当たりは？」

「……どこまで調べがついているのか、聞こうか」

ついに腹をくくって、警視総監はどっかりと革張りの椅子に腰を下ろした。

宗一は両手をだらりと下ろし、淡々と警視総監を見下ろして言う。

「暗殺者の名は眼《がん》木《ぎ》龍源。取引先は多数。その中には警視庁の名もありました。軍ではあなた方に配慮して、龍源は泳がせておけと言われていましたが……残念ながら、彼はわたしの妻に手を出した。もう見て見ぬふりはできません」

さきほどよりも殺気らしい殺気は収まったが、だからといって安心は出来ない。彼は心の決まってしまった者の顔をしている。こういう人間は、殺気もなしに人を殺す。

警視総監は自分の顔を両手でごしごしと拭いた後、かすれ声を出した。

「軍には話を通した後か」

「そうですね。通らない話でも、龍源は殺しますが」

良く響く美声に、警視総監はぶるりと震える。

そして、執務机を手のひらで叩《たた》いた。

「……わかった！　今回のことは、我々は関わっていない。龍源の独断だ。綱を切った狂犬は、打ち殺さねばならぬ。奥方の捜索には、全面的に協力しよう」

ひるまぬように目に力をこめて見上げると、宗一は穏やかに笑って見せる。

「感謝します。どうやらわたしは、犯罪者にならずに済んだようだ」

「……君は病篤《あつ》いと聞いていたが……とっくに、そこらの犯罪者より恐ろしい目をしているぞ」

警視総監の台詞《せりふ》に、宗一は少しも笑っていない目を細めた。

◇

病院で意識を手放した蒼は、長いこと懐かしい夢の中にたゆたっていた。

居るのはかつての海鳴医院の前庭だ。薄い緑に塗られた洋館は音もなく燃えていた。熱を感じさせない白い炎が洋館を包みこんでいるのに、蒼の両親はバルコニーにテーブルセットを出してお茶を飲んでいる。

「お父さま！　お母さま！　家が、燃えています！」

蒼は必死に叫んだ。何度も見たような光景だから、これが夢なのはわかっていた。わかっていても、叫ばずにはいられなかった。記憶が戻った今なら、今度こそ両親を救えるのではないか。そんな気がしてしまったからだ。

両親は医学生姿で前庭にたたずむ蒼を見つけると、さも嬉しそうに笑う。

「おや、蒼じゃないか」

「たえさんはどうしたの？」

たえ、と言われて、蒼の脳裏には少しふっくらした三十代女性の姿がよぎる。彼女は自分の乳母だ。久しぶりに思い出した。

(そうか。火事の日、私は両親から離れて乳母と遊んでいたんだ。そしてその間に、医院に火をつけられた……)

ということは、今なら火をつけた誰かを見つけられるかもしれない。

所詮は夢の中とは思いつつ、蒼は医院の玄関扉にとりついた。

「大丈夫かい？　ひとりで扉を開けられるかな」

父が穏やかに声をかけてくれる。おそらくは幼児の自分が聞いた声なのだろう。

懐かしさと悲しさと、どうしようもないやるせなさを感じながら、必死に扉を開く。

と、そこには老いた薬屋が立っていた。

龍源だ。

「あなた……まさか」

蒼の口の中はからからに乾く。

それでも、蒼は夢の中で声を絞り出す。

「まさか、あなたが……？」

龍源は蒼には答えず、不意にぱたりと倒れ伏してしまった。

蒼はぎょっとして倒れた龍源を見下ろす。あまりにもあっけない手応えは、まるで生者とふれあったようには思えなかったからだ。案の定、倒れた龍源の手は紫色をしている。蒼は慌てて龍源を仰向けにする。

すると、その顔も紫色だ。チアノーゼ、もしくは死人の顔色だ。

そして――あらわになった、その顔は。

いつの間にやら、龍源のものではなくなっていた。

険しくも美しい、名人の彫った面のような……宗一の顔。

完全に死んだ顔で、宗一は言う。

「お前には、誰も助けられない。わたしは死んだんだよ、蒼」

◇

「っ……！　げほっ、ごほ……っ」

息を詰めて目覚め、蒼は力なく咳《せ》きこんだ。

咳《せき》をするたびに頭が痛み、目の奥が酷く重く感じる。全身は麻痺《まひ》が残っているせいでふわついている。

首に刺された針に、なんらかの薬剤が塗られていたのだろう。その症状が残っているのだ。どこからどこまでも、具合が悪い。

だが、まだ、生きている。

(私、一体、どうなっているの……？)

蒼は身をよじろうとし、すぐに、がつん、と抵抗を感じた。

体が拘束されている。視界がぼやけていて詳しいことはわからないが、仰向けに寝転がったまま、動けないようだ。

(ここは、どこ？　私は、夜勤で。本を読んでいて……呼び鈴で、呼ばれて……)

身体《からだ》は徐々に起きつつあるが、意識はまだふわついている。

ふわふわとした記憶の中を彷徨《さまよ》いながら目を凝らすと、辺りはかなり暗いようだ。

ぽつぽつと浮かぶ明かりだけが目に突き刺さってくる。

どこかで誰かが歌っている——懐かしい歌だ。

歌はやがて途切れて、穏やかな大人の男の話し声になった。

「おはよう、海鳴のお嬢さん。よく眠れたかね？」

「……はい……すこし、息が、くるしいですが……」

蒼がかすれ声で答えると、相手の声はやけに心配そうになる。

「おや、本当かね。だとしたら、少々呼吸器に麻痺が出ているのかもしれない。苦しいのはいけないねえ。苦しいのは、大変だからね。苦しいのが続くようなら、遠慮無く言いなさい。楽にしてあげますよ」

そう言って、声の主が蒼をのぞきこんだ。

（青木さん……薬屋さん……？）

目の前にあるのは、糸のように細い目をした面長な顔だ。蒼が当直のときに、医院の病床で見た青木龍源の顔だ。しかし不思議なことに、あのときより明らかに皺が減り、ずいぶんと若く健康そうに見える。

蒼が気を失っていたのがどれくらいの間なのかはわからないが、さすがに何ヶ月も経《た》ったわけではないだろう。だとしたら、龍源の変化は急すぎる。

あげく、今の彼は警察の制服を着ていた。

「警察の……方？　あなたは、患者さんだった、ような……それとも、薬屋さん？」

まだ毒が抜けきらない蒼は、ぼんやりと龍源に聞く。

龍源は蒼の枕元に立ち、彼女の髪を大事そうに撫《な》でながら言う。

「一番最近はあなたの患者さんでしたねえ。自分の薬で病人になって入院し、あなたをお迎えに行ったのです。もう自分の薬で快癒しましたから、その点はご安心を」

「自分の、薬で……？」

龍源は奇妙なことを言っている。ぼやけた頭でもそれだけはわかる。

龍源はにこにこと続けた。

「そうです。やっとこうしてお会いすることができましたねえ、蒼さん。わたし、ずーっとあなたを見守っていたのですよ。いや、ずーっというのは間違いかな。わたしもあなたの宗一さんと同じで、大陸で仕事をしていた時期もありますからねえ」

宗一の名が出ると、蒼の意識は急激に覚醒した。

眼前にかかった霧が薄くなる。見える。周囲に何があるのかわかる。

ここはかび臭く、窓のない煉瓦《れんが》の壁が続く空間だ。明かりは天井から下がったランプだけ。おそらくどこかの地下室だろう。

蒼はのろりと視線を龍源に据え、声を絞り出して訊《たず》ねた。

「宗一さまのことを、なぜご存じなんですか……？　大陸で仕事をしていたというのは、薬屋さんとして……？　それとも、警察……？」

「警察はありませんねえ。薬屋でも間違いではありませんが、安楽死医師と呼んでくださるとさらに嬉しいです」

「あんらく、し？」

聞き慣れない言葉であった。

蒼は首をかしげようとし、自分の体が手術台にベルトで固定されていることを、はっきり認識した。拘束はかなり厳重で、動かせるのは首から上と、指先、足先くらいのもの。枕元には銀色の医療ワゴンもある。

「ここは……病院……？」

とっさに理解が追いつかず、蒼はつぶやく。

そんな蒼を見下ろして、龍源は諭すような声を出した。

「おびえないでくださいね。わたしはあなたに、痛いことも、怖いこともしません。わたしが行うのは、救いです。安楽死というのは、薬剤や瓦斯《ガス》などにより、ひとを眠るような死に導くことですよ」

蒼はのろのろと瞬《まばた》く。

龍源の言うことは明らかにおかしい。どれだけ毒で頭がやられた後だって、それだけはわかる。

「薬剤や瓦斯で、死に導く……それは、毒殺ではないですか」

「うーん。その言い方になるのもわかりますが、正確ではないですねぇ」

龍源は大真面目に髭《ひげ》をいじくり、せっせと解説を始めた。

「医者は『ひとを救う』などと言って病気や怪我《けが》を治しますが、患者に永遠の命を与えることはできません。結局のところ、あらゆる人間は死の恐怖と痛みに苦しむのです。ならば、死の恐怖と痛みを取り除くことでひとを救う医者がいてもいいではないですか。というわけで、わたしは安楽死を発明したのです！　安楽死はいいですよ。この素晴らしさを、是非とも海鳴のお嬢さんにもわけて差し上げたいっ！」

確信を持った龍源の叫びに、蒼は全身にぞわぞわとしたものを感じる。

この男はおそらく、かつてはまともな薬屋、もしくは医者だったのだ。それが、徒労感や絶望で、おかしくなってしまった。その気持ちは蒼にも少しだけわかる。

わからないのは、なぜ健康そのものの蒼が龍源の標的になったか、だ。

「なぜ、私に……？」

蒼がかすれきった声を絞り出すと、龍源はどこか愛《いと》しげな目になって答えた。

「罪滅ぼし、でしょうかねえ。わたしは昔から、あなたのお父さまの友でした。ですが、本当に申し訳なかった。あなたのお父さまを、原因不明の病から救えなかったのです」

（ああ……）

砕けた記憶の、最後のひとかけらが、ぱちりとはまった音がする。

先ほどまでみていた夢。

燃える屋敷の扉を開けた蒼は、龍源の姿を見つけた。

おそらくはあれが真実だ。蒼はどこかで覚えていた。幼い日に見た、龍源を。

龍源は昔から海鳴医院に通っていた。薬箱を背負ってあの薄緑色の洋館に現れ、海鳴誠司《せいじ》とバルコニーで茶を飲んだり、書斎で話しこんだりしていたに違いない。

そこには、蒼の知らない友情があったのだろう。

龍源は病に倒れた誠司を治そうと必死になり、失敗した。

彼が自信家であればあるほど、善意が、友情が、大きければ大きいほど、衝撃は凄《すさ》まじかっただろう。

確かなのは、龍源は蒼の父を救えなかったということ。

そして、落ちたということだ。

深い、深い、底のない穴に、龍源は落ちた。

「あなたのお父さまは、わたしに気付かせてくれたんですよ。大事な人間ひとり救えない、そんな医術に意味などないと」

蒼の頬を愛しげにさする龍源の目は穴のように暗く、虚ろになっている。

まるで、彼自身が穴のよう。

そんな目で、龍源は、にかっと笑った。

「だからわたし、あなたのお父さまとお母さまを殺しました。すみませんね、苦しい殺し方をしてしまって。いまだにわたしも心苦しい。だからせめて娘はきれいに安楽死させてあげようと、心に誓っておったのです」

あっけらかんとした言いように、蒼はふるりと震える。

父と母は、この男に殺された。納得できるところはいくつもある。

何度も夢にみる死んだ両親は、さしたる抵抗もなしに刺されている。顔見知りの龍源だったからこそ出来たことだ。それに、父が書き記した薬屋の記録。もしあれが龍源のことならば、父と龍源は生前に完全に仲を違《たが》えてしまったはず。

仲違いと治療の失敗から道を踏み外し、海鳴夫婦を殺して吹っ切れてしまった龍源は、各地で『安楽死』の名のもとにひとを殺し続けた。ときには大陸で何らかの勢力に使われたこともあったろう。

おそらくは温泉街の饅頭《まんじゅう》屋の男も、龍源が殺した。

そして今度は、蒼を殺す。

（……私はどうにかして、生きて宗一さまのところへ帰る。自力で逃亡できないのなら、せめて、時間を稼がなくては）

衝撃に溺れそうになっている今でさえ、宗一のことを思えば息ができた。

できるかぎり、この恐ろしい男と話し続けよう、と、蒼は心に決める。時間を稼ぐことしかできないけれど、何もしないよりはましだ。

(まずは、なるべく、この方が興味を持つような話を)

ひっそりと息を吐いて集中したのち、蒼は意を決して口を開いた。

「あなたは……私を、どうやって殺すのですか」

おそろしい話題だったが、龍源は嬉しそうに目を細めてワゴンを引き寄せる。

「わたしの薬を使えばすぐに意識を失うこともできますし、もっと面白いこともできますよ。たとえば、ものすごーく楽しい気分になったまま、自分の内臓がひとつひとつ取り出されていく様子を眺めるのはいかが？」

ワゴンの上には、ぴかぴかに磨かれたメスや、はさみや、小型のノコギリ、大量の注射器などが几帳面《きちょうめん》にそろえられ、ランプの明かりを跳ね返している。どれもこれも大事に手入れされた、現役の道具たちだ。

それを見てしまうと、どうしても恐怖がわき上がる。たらり、と額から脂汗が垂れるのを感じながら、蒼は必死に歯を食いしばった。

(怖がるな、私。こんなもの、ただの医療器具なんだから)

龍源は医療器具を満足げに眺めたのち、蒼に顔を近づけてくる。

「わたしはあなたが『殺してくれ』と言うまでは殺しません。副業として殺しを依頼されることもありますが、わたしの本業は医者ですから。安楽死には本人の同意が大事だと考えておるのですよ」

「同意……」

ここに至って自分を医者だと言い張る龍源は、まるで異形だ。

蒼は心が折れないように、ぎゅっと目を閉じて言う。

「同意は、できません。私、誓ったのです。旦那さまの宗一さまを看病しきると。不治の病のあの方を、見とってから、死ぬと」

ほろり、とこぼれたのは、驚くほどの本音だ。

もっとのらりくらりと会話を引き延ばそうと思ったのに、どうしても宗一の姿が目の前をちらついてしまった。話し出すと止まらなくなってしまい、蒼は続ける。

「私の命は私のものではありません。あの方に助けていただき、看護婦になるように言われたときに、あの方のものになってしまいました。だから私の一存で、あなたに同意することは永遠にありません……！」

「ほ、ほ、ほ。これはこれは、当てられてしまいますなあ。旦那さまのことを思えば、死の恐怖すら乗り越えられるということですか。ですがね。それって、あなたの勝手じゃありませんか？」

「私の、勝手……？」

「そうです！　実は不治の病の宗一さんは、安楽死を求めているかもしれないじゃあないですか。なのにあなたが宗一さんに与えられるものといえば、生ぬるい看病と苦しみを伴う生だけです。宗一さんはつらいんじゃあないでしょうかねえ？　つらいのに、あなたへの愛で耐えているだけじゃあないんですかねえ？」

龍源はいかにも楽しそうに、ねっとりとした声でまくしたてた。

聞きたくない、と蒼は思った。心のどこかでは納得してしまうからこそ、聞きたくなかった。嫌だ。そちらへ行きたくない。蒼の心が悲鳴を上げる。

しかし、龍源は容赦なく続けた。

「あなただって、無理をしていませんか？　共に生きるよりも共に死ぬ方が、本当はしあわせなんじゃありませんか？　あなたが今、必死にやっていることは、全部、ぜーんぶ、無駄そのものなんじゃありませんか⁉」

「っ……」

蒼はきつく、きつく唇を噛んで、うっすらと目を開ける。

涙でぼやけた視界の真ん中に、龍源の笑顔があった。

少しも目が笑っていない、薄っぺらな笑顔。

それに向かって、蒼は囁く。

「無駄で……何が、いけませんか」

「……ん？　なんですか？　今、何をおっしゃいました？」

笑顔のまま問い直した龍源を、蒼は真っ向からにらみつけて叫ぶ。

「あなたが言うことは正しい。ですが、正しいだけじゃありませんか！　誰もがいずれ死ぬ。宗一さまだって死ぬ。そのとおりです。私がどれだけ努力しようと、死という巨大な敵の前には敗北が決まっています。それで？　だから、なんだというのです！」

自分でも驚くほどに、激しい声が出た。

激しいけれど、確信のある声だった。今だからこそ出せる声だった。

脳裏に染みついた炎の記憶がゆらめき、真っ赤な紅葉の景色に変わる。紅葉が舞い散る景色の向こうには、宗一がいる。蒼の愛するひとが。愛するひとにまつわる美しい記憶たちが怒濤《どとう》のように押し寄せて、苦しい記憶を押し流す。

宗一。すべてを与えてくれたひと。

彼のためなら、蒼は、なんでもする。

努力する。あがく。恥も掻《か》く。

負けることだって、いとわない。

「私は負け続けるからといって戦いをやめるほど、往生際がよくはありません。そのことで宗一さまご本人に恨まれたからといって、なんでしょう。そんなことで躊躇《ためら》うなら、そもそも恋などしておりません！」

言い切ると同時に熱いものが胸からあふれ出て、全身に熱を配ってくれる。

そうなのだ。

恋とて死と同じくらいに不治の病で、いつの間にかかかってしまうもの。最初は宗一のことを思って、恋を押し殺そうとしたこともあった。

だが、できなかった。

恋は無礼で傍若無人だ。

すでに恋を経験した蒼に、もはや躊躇うところなどない。

「私は勝手に医者になり、勝手に恋をいたします。けして、誰かを救うためなどではございません。私がそうせずにはおられないから、勝手にやるのです！」

息を切らして言い終えると、龍源の顔がみるみる歪《ゆが》む。最初は笑おうとしたようだったが、実際には泣き笑いのような奇妙な表情が浮かんだだけだ。

自分でもその無様に気付いているのだろう、龍源は妙に甲高い声を上げる。

「やめなさい……やめなさい、やめるんだ、そんなことは！　無駄だ、苦痛だ、わからないのか、その道の先には何もないのが‼」

「この恋をやめさせたいと言うのなら、私を殺すしかありませんね。一度は父を生かそうとしたその手で、殺したらいいでしょう」

体に宿った熱は恐怖をもすっかり押し流してしまったようで、蒼は堂々としていられた。対する龍源は、哀れなほどにうろたえている。

「駄目だ駄目だ駄目だ、そんなことで、わたしが自分の矜持《きょうじ》を捨てるとお思いか？　わたしは、殺してほしい者しか、殺さない！」

悲鳴のように龍源が叫んだとき、頭上からドカドカという音が響いてきた。

龍源と蒼は同時にそれに気づき、天井を振り仰ぐ。

(これは……足音？　かなりの人数がいるみたいだわ)

吉兆なのか、凶兆なのか。万が一龍源の仲間ならば、どうにもならない。

蒼が慎重に様子をうかがっているうちに、地下室の扉が荒々しく叩かれた。

「誰かいるか！　警察だ！」

「……ちょっとここで待っていなさい」

龍源は言い捨てると、足早に扉へ続く階段を上っていく。

「見回りですか？　ここには龍華が咲いておりますよ」

龍源は扉の前まで来ると、妙に思わせぶりなことを言った。

こんな地下室に花が咲いているわけもないから、なんらかの符丁であろう。

（龍源は、警察と符丁を交わすようなひとなの？）

そういえば、龍源は警察の制服を着ている。龍源に警察へのつてがあるのならば、やってきたのは龍源の仲間か、と、蒼は固く唇を噛む。

直後、どんっ、と大きな音がして、蒼の顔にもぱらぱらと砂が落ちてきた。

続いて、今度こそ轟音《ごうおん》と共に地下室全体が揺れる。

「くっ……！」

龍源が顔色を変え、せっかく上った階段を駆け下りた。

半ばまで下りたところで、階段上の鉄扉が開く。もわりと入りこんできたのは、火薬の匂いのする煙だ。おそらくは、爆弾を使って鉄扉が破られたのだ。

乾いた銃声が、一回、二回、地下室に響く。

「ぐうう……！」

階段を下りきる前に、龍源がつんのめるように倒れた。

残った数段を転げ落ちて、龍源は苦痛の声を上げて足を押さえる。

階段上から、侵入者に足を撃たれたのだ。

「眼木龍源で、間違いないな？」

銃を持った男が、階段を下りながら、地下室全体が凍り付くような声を出す。

蒼は叫んだ。

「宗一さま!!」

宗一だった。

この暗さでもはっきりとわかる。宗一だった。

いつもの和装でも気取った洋装でもなく、陸軍の軍服をまとっていた。それでも、立ち姿も立ち居振る舞いも、全身に漂う意志の強さも、宗一だった。

宗一は銃を手にしたまま、蒼のほうを見つめた。

険しい美しさを感じる宗一の顔が、蒼を視界に入れた瞬間にゆるむのがわかる。彼は誰よりもひとらしい顔で微笑み、こんなときでも穏やかな声を出した。

「遅くなってすまなかったね、蒼」

堪えきれない涙が盛り上がり、蒼のまぶたを割ってこぼれ落ちる。

一方の宗一は、静かに動揺したようだった。

「怪我はないか？　痛むところは？」

宗一はいつもより少し早口で問いながら、蒼に歩み寄ろうとする。

それを阻むように、部屋の隅から不気味な笑い声が湧き上がった。

両足の銃創から血を垂れ流しながら、龍源が笑っている。のろのろと体を丸め、宗一に向かってうめくような声を出す。

「なるほど……なるほど……。さすがは城ヶ崎家のご当主、城ヶ崎少佐だ。警察に手を回しましたね？　このわたしを切り捨てさせるとは、なかなか荒技を使う。死にかけの坊ちゃんだと思って、甘く見てしまったようです」

「甘く見てくれてありがとう、とでも言いたいところだが」

宗一がそこまで言ったところで、階段を駆け下りてきた別の男が、思い切り龍源の顎を蹴りつける。ぱきり、と顎骨が折れる音が響き、龍源は奇妙な声を上げて床に転がった。

龍源を蹴りつけたのは、これまた陸軍服をまとった榊《さかき》であった。

彼は宗一のほうを振り向き、淡々と問う。

「殺してもいいですか？」

「いいわけがないだろう」

宗一は小さく肩をすくめるが、榊はなおも粘る。

「では、もう二、三発蹴るか殴るかしても？」

「蒼が悲しむ。拘束するだけでいい」

「了解です」

蒼の名前を聞いて、榊も龍源を痛めつけるのを諦めたようだ。

足早に龍源に歩み寄り、腰に付けた縄で拘束していく。龍源は苦痛に歪んだ顔でおとなしく縄を受けていたが、やがてくすくすと笑い出す。

「んふふふふふ。こうなってしまったら、安楽死医師なんぞの命は風前《ふうぜん》の灯火《ともしび》。冥土の置き土産に、ひとつ、いいことを教えてあげましょう。城ケ崎宗一。あなたの病の正体、わたしは知っていますよ？」

「この口に何か詰めるくらいは、いいのでは？」

榊は粘り強く聞いてくるが、宗一は眉根を寄せて答えた。

「窒息の可能性がある、やめろ。それにしても下手くそな命乞いだな」

「あなたはきっと聞いてくださいますよ、少佐。聞いたほうがいいです。わたしだって、ずっと蒼さんのことを見守っていたんだ。旦那さまであるあなたのことだって調べ上げてあります。いいですか？　……あなた、大陸で毒を盛られたんです」

一息にそこまで喋って、龍源はぎらつく瞳で宗一を見上げた。

宗一は答えず、じっと龍源を見つめ返す。

蒼は、手術台の上で息を殺していた。

毒、という言葉が、驚きと説得力をもって蒼の中に飛びこんでくる。

蒼が宗一の病を見抜けなかったのが、『病ではなかった』せいだとしたら――。

「あちらの闇社会ではちょいちょい聞く話です。あなたの飲み物に毒を入れ、症状が出たあとに『病気だ、これで治る』と言って、毒を薬として売りつける。呑めば呑むほど毒は体に浸透し、蓄積される。正直なところ、もう解毒は不可能でしょうなあ」

龍源は楽しそうに言い、痛みも忘れた様子で、うふふ、うふふと笑い転げている。

宗一は相変わらず、何も言わなかった。

その険しい横顔は龍源を見つめているようでもあるし、過去をのぞきこんでいるようでもある。

大陸にいたときの宗一のことを、蒼は知らない。知りようもない。

そこで宗一が向けられていたであろう強烈な悪意のことも、今、初めて知った。

龍源は、宗一と蒼が衝撃を受けているのが嬉しいのだろう。歩けないほどの負傷をしているにも関わらず、全身に異様な生気をみなぎらせて言う。

「あなたはもう、じわじわ死んでいくしかないのですよ。どうです？　死にゆく姿を、若く美しい妻に醜い姿を見られるのは？　どんな気分です？　あまりにつらいならば、わたしに頼んでみますか？　穏やかな、死を！」

宗一はそんな龍源を静かに見つめたのち、彼に背を向けて蒼のところへ歩み寄った。銃をしまって短剣を取り出すと、蒼を拘束していたベルトを丁寧に切る。

「蒼……」

物憂げなまつげを伏せた宗一が、悲しみを乗せた声で蒼の名を囁く。

解放された蒼は宗一に向かって両手を伸べ、真っ先に問いを投げた。

「宗一さま。体調は、いかがでしょう……？」

宗一はそれを聞くと驚いたように視線を上げ、まじまじと蒼を見つめた。

そうして、たまらない、というように笑みをこぼして答える。

「普通は、わたしがあなたに同じことを問うところだよ。でも、そうだね。悪くない。あなたが消えてしまった日の朝も言っただろう？　最近体調がとびきりいいから、夜の看護は要らない、と」

「…………は？」

龍源が妙な声を出して固まった気配がする。

それはそうだろう。宗一が快方に向かっていることは、城ヶ崎邸の外にはけして漏らさなかった情報だ。

軍服をまとった宗一の腕が蒼を抱き、しっかりとした力で助け起こしてくれる。

蒼はそのまま宗一の腕にすがり、彼の顔を見上げた。

（顔色、呼吸、呼気、良好）

押し寄せてくる情報すべてが、宗一の体が以前より強くなったことを囁いてくる。もちろん万全ではないが、吹けば飛ぶような状態はとうに脱していた。

蒼は宗一にすがったまま、控えめに龍源へ声をかける。

「実は私、宗一さまの体調が薬によって悪化しているのではないかという疑いは、薄々持っていたのです。診療録を細々とつけていたおかげかもしれません。とはいえ、本格的に断薬したのはお正月からですが……」

「気付いた？　あの、分析不可能な毒に？　まだ医者でもないあなたが……？」

龍源は哀れなほどぽかんとしていた。

彼の目に映る蒼は、あくまで無力な海鳴のお嬢さんだったのだろうな、と、蒼は思う。女で、学生で、人妻で。そういったものが男勝りの能力を持っていると信じてくれるひとは、滅多に居ない。

でも、宗一は、信じてくれた。

旅行の後に相談した蒼を信じて、薬を断ってくれた。

ひっそりと治療に関わってくれていた藤枝《ふじえだ》もまた、娘の盟友である蒼をきちんとした医療者として扱ってくれた。榊は『宗一さまに万が一のことがあれば、わたしはあなたを許しませんが、それでよければ』と言って、味方をしてくれた。

今の蒼には、味方がいた。

「海鳴蒼は、無力でした」

蒼は囁く。

そして、じっと龍源を見る。

「私は、今は、城ヶ崎蒼です」

◇

眼木龍源が警察病院に移送されていくのを見送ってから、蒼と宗一はようやく地下室を出ることができた。

ぎぃ、と、鈍い音を立てて鉄扉を開けると、そこは小さく陰気な物置である。

すっかり埃《ほこり》かぶった道具たちを、蒼は懐かしい気分で見つめた。剪定《せんてい》ばさみや、竹《たけ》箒《ぼうき》や、梯子《はしご》や、鉄のバケツは、かつてここに整った庭があったことを教えてくれる。

蒼は、その庭がどんな庭だったかを知っている気がした。

「宗一さま。ここは――」

ごわつく軍服の腕にしがみついて見上げると、宗一が少し疲れたように笑っている。

「気付いたかい？　あなたは本当に目がいいね。……おいで。外は寒い」

彼は蒼を少しだけ押し放すと、軍服の上にまとった袖なし外套《がいとう》を広げる。蒼にその中に入れというのだろう。

普段の蒼なら照れたり遠慮したりするところだが、今の彼女には宗一の体温が必要だった。蒼はためらいなく彼の胸にすがり、外套にきゅっとくるまれる。恐怖と疲労ですっかり冷えてしまった蒼の体に、じわりと宗一の体温が染み入ってきた。

宗一はしばらくそうやって蒼に体温を分けたのち、物置の扉を押し開いた。

扉の向こうに広がったのは、夜だった。

暗い夜を、雪が掻き削っている。

それだけだ。

物置の中身を使うような立派な庭はない。家もない。殺風景な空き地だった。

蒼と宗一は物置を出る。どこぞの山の手の住宅街なのだろう。隣家までの距離はかなり遠い。街灯もなく、ひとけもなく、寂しい場所だ。

ぽっかりと空いた土地を見つめて、宗一が言う。

「ここは、海鳴医院の跡地だ。あなたは、自分の家の地下にいたんだよ」

「……物置と地下室の他は、本当に何もないのですね」

蒼は、宗一の体に身を寄せたまま、ぽつりとつぶやく。

「つらくはない？　本当はこんな現実、あなたが見なくてもいいいんだ」

宗一は蒼の肩を抱く手に力をこめながら、耳元で囁いてくれた。

蒼は彼の力に逆らわず、宗一の胸に白いこめかみを預ける。

「わかりません。すべてを失ったのは、ずっと昔のことだから。今回は、こうしてはっきり、ここには何もないとわかって、よかったような気もします。でも……」

一度言葉を切って、宗一を見上げる。

宗一は蒼を見つめ返す。

宗一は、蒼が物心ついてから初めて、蒼の目を褒めてくれたひとだと思う。

でも、彼の素晴らしいところは、その目を使わなくてもいいと言ってくれるところだ。

蒼はそっと微笑んで、宗一に告げる。

「これからは、つらすぎることがあったら、宗一さまの胸に顔をうずめて、何も見ないことにいたします」

　蒼の宣言に、宗一は端整な顔をくしゃりとゆがめて笑った。

　少々不格好な笑みだったけれど、だからこそ蒼の心臓に染み入る笑みだった。

「いいね。……賛成だ」

　宗一は囁き、もう一度強く蒼を抱きしめてから、蒼を車のほうへとうながす。

「……行こうか。榊が運転してくれる。今夜は興奮しているから、少々運転が荒いかもしれないが」

「大丈夫です。榊さんは宗一さまを乗せているときに無茶はなさいませんから」

　ふたりは身を寄せ合い、互いを支え合いながら、海鳴医院の跡地を突っ切っていく。

　焦げた門柱の外には見慣れた城ヶ崎家の車が停《と》まっており、すっかり襟を正した榊が運転席で待っていた。

　宗一は軽やかに後部座席に上ったのち、丁寧に蒼を引き上げながら言う。

「蒼はいつの間にか、榊のことを……いや、うちの屋敷のことを、すっかり呑みこんでしまったね」

「曲がりなりにも、奥方ですので」

「あなたはどこも曲がってはいないさ。最初から、奇跡のように真《ま》っ直《す》ぐだよ」

秘密めいた囁きを交わしながら、宗一と蒼は並んで座った。

蒼は躊躇うことなく宗一に体をもたせかけ、幌《ほろ》の向こうにたたずむ門柱を見つめる。

夢で何度も見た門柱だった。あそこに立って目をこらせば、今でも薄緑色の洋館が見えてくるような気もする。

「出しますよ、旦那さま。奥さま」

榊がさっきとは打って変わった澄ました声を出し、エンジンをかけた。

軽快なエンジン音と共に車が走り出すと、懐かしい門柱はあっという間に後ろへ流れ去ってしまう。すべてが、猛スピードで過去になる。

(今振り向いたら、何が見えるのかしら)

蒼はそんなことを刹那の間、考えた。幻でもいいから、門柱のところで手を振っている両親の姿を見たいような気がした。

でも、結局のところ、蒼は振り返らなかった。

宗一に体重を預けたまま、ただひたすらに前を見ていた。

しばらく走って行くと、あれほど降っていた雪もさらりと止《や》んだ。空を覆っていた雲にも切れ目が生まれ、うっすらとおぼろ月が顔を出す。車の行く道の両側はお屋敷が続いていて、塀の向こうに重たい雪を花のように積もらせた庭木が見えた。

蒼はそれを見て指をさす。

「宗一さま。なんだか、花が咲いているみたいではないですか？」

「ああ……東京の雪は重たいからね」

宗一がつぶやきながら顔を上げ、蒼と同じ木を見つめて目を細めた。

雪の花は、泡のような白。まるで、季節外れの百日紅《さるすべり》だ。

真っ白な百日紅は、蒼と宗一の思い出の花。

郷愁と愛しさが同時に胸に湧き上がり、蒼は熱い息を吐く。

（あのときの花はとうの昔に散ったけれど、それでいいのだわ）

花は永遠には咲かないけれど、自分は生きている限り何度でもあの日の花を思い出すだろう。おそらくは宗一も、同じように思ってくれるはずだ。

自分と宗一はあまりにも違うけれど、それでも同じ時に同じものを思い出し、同じ恋心を噛みしめるだろう。

それが、きっと、恋なのだろう。

「蒼」

宗一の囁きが耳元で甘く響く。

彼が何を考えているのかわかった気がして、蒼はそっとまぶたを閉じる。
星も花も見えなくなった闇の中で、蒼は彼の口づけを待つ。
宗一のいる夜ならば、蒼は、永遠に明けずとも恐ろしいとは思わない。

エピローグ

「こうですか？　奥さま」

「いいと思います！　あ、ちょっと、ここをこうして、こうしたら……」

「素敵！　さすが、未来の女医先生は器用だわぁ」

城ヶ崎《じょうがさき》家の女性使用人が深いため息をつき、蒼《あおい》は少しこそばゆい気持ちになった。

「手術に比べたら、気楽ですから。それに、せっかくのお花見ですし」

蒼が微笑《ほほえ》んで言ったところで、台所にぬうっと長身の人影が現れる。

「ここだったのか、蒼。何をしていたんだい？」

「宗一《そういち》さま」

聞き慣れた声に、蒼は嬉《うれ》しそうに振り返る。

ここは城ヶ崎邸の台所だ。宗一が長いこと興味を示さなかったせいもあり、水道が引いてある以外は江戸の風情を残している。半分は土間で昔ながらのかまどもいくつも鎮座しており、蒼たちは板場でわいわいと調理をしていた。

「見ての通り、お料理です。昨晩はよく眠れましたか？」

蒼は言い、ちょんと正座しなおして宗一を見上げる。

（今日の宗一さまも、とっても素敵）

蒼がうっとりと宗一に見とれていると、使用人は慌てて立ち上がった。

「わたくし、お庭の用意をしてまいりますね」

「ありがとう、お願いね」

使用人に声をかけて、蒼はまたすぐに宗一に視線を戻す。

蒼の誘拐騒動があってから季節は巡り、春が来た。

騒動の残り香はすっかりと消え、蒼と宗一は元の生活に戻っている。とはいえ一度過ぎ去ったものは、まったく同じ形で戻ってくることはない。蒼と宗一が過ごすこの春は、去年の春とは違う春だった。

宗一の看護を中心にして動いていた屋敷《やしき》は、すっかり穏やかな空気を取り戻している。宗一の回復は徐々に周囲にも知れ渡り、かつての友人たちや、新たな事業や趣味を持ち込んでくる者たちも、無碍《むげ》に追い返されることは減ってきた。

すっかり顔色のよくなった宗一は華やかな洋装を着こなし、蒼の視線を受けると目を細める。

「蒼が隣にいないのに、よく眠れるものか」

「……！」

さらりととんでもないことを言われてしまい、蒼は見事に硬直した。

宗一はうっすらとした笑みを含んだまま、蒼の横に胡座《あぐら》をかく。蒼と宗一の間の距離は、去年よりは大分近い。

「……と言ったら、どう答えるんだい？」

そう言って甘くのぞきこまれると、普段きちんと整えられている宗一の髪がぱらりと額にかかる。その感じが、蒼の心臓を跳ねさせてしまう。

蒼は真っ赤になって、必死に答えた。

「す、すみません。あの、今日は朝早くから、お弁当を作る予定でしたので。早朝に宗一さまを起こしてしまうのが忍びなく、その……」

「その？」

「こ、今夜は、必ずご一緒します！」

勇気を振り絞って告げた蒼に、宗一はまぶしげな顔をする。

「嬉しいよ、期待してる」

少し雑な調子で告げて、宗一は蒼のこめかみに軽い口づけを落とした。

（こんな、昼間なのに……）

恥ずかしいな、とは思うものの、しあわせな気持ちが圧倒的に恥ずかしさを上回る。蒼は真っ赤になったまま、膝の上で両方の拳をきゅっと握って口づけを受けた。

「それで？　そんなに早くから、一体どんな弁当を作っていたんだね」

宗一はすぐに普段の調子に戻る。蒼はそうっと細い息を吐いて調子を整え、大きなまな板を宗一に見せた。

「はい。ちょうどできたところですから、見てやってください」

そこに載っているのは、きちんと巻かれた太巻きだ。

「太巻きだね。きれいにできている」

簡潔ながらも心のこもった賛辞に頰を緩め、蒼は包丁を手に取る。

「はい。それで、これを切ると……いかがでしょう？」

とん、と切れた太巻きの断面には、なんと花が咲いていた。海苔《のり》と紫蘇《しそ》で色づけられたご飯やたくあんなどを使って、断面が花の形になるよう細工したのだ。

宗一は素直に驚き、軽く目を見張って囁《ささや》く。

「すごい。まるで、手品だ。ああ——いや……」

蒼はくすりと笑って、まっすぐ宗一を見つめる。

「これは手品ではなくて、研究と鍛錬の末の成果です。作ったものをお重に詰めて、庭に参りましょう。みんなが待っています」

「そうか。……そうだな。蒼は、いつもわたしに大切なことを教えてくれる」

宗一は嬉しそうに言うと、長い指で箸を手に取り、太巻きをお重に詰める作業を器用に手伝ってくれた。ふたりは漆塗りの重箱を風呂敷《ふろしき》包みにして抱え、連れだって居間へ歩いて行く。

薄暗い廊下の果てで、宗一が蒼に確認する。

「開けるよ」

「はい」

蒼がうなずくと、華麗な花の絵が描かれた引き戸が引かれ、明るい光が差しこんでくる。

すっかり慣れ親しんだ、美しい西洋式の居間。

その向こうに広がる庭は、今は桜の盛りだ。満開になった桜が庭全体に夢のような薄紅のもやをかけている。花びらの散らばった庭に簡単な天幕が用意され、執事の榊《さかき》が率いる使用人たちが和やかに花見の準備をしている姿も見えた。

誰もが少し機嫌がよく、見えるものすべてが美しい。

（まるで、夢のよう。でも……これは、私の、家だわ）

蒼はそんなことを考えて微笑み、軽く宗一の手を引いた。

「行きましょう、宗一さま」

「ああ。行こう」

宗一は蒼を見下ろして微笑み、蒼と同じだけの歩幅で、前へと踏み出した。

あとがき

二巻をお届けすることができて、とても嬉《うれ》しく思っております。

『サトリの花嫁』一巻は、身動きとれない状態から救い出された蒼《あおい》が、新しい人生を歩み始める物語でした。二巻では何をしてもらおうかな、と悩んだ末に、やはり一巻を読んでくださった方々へお礼がしたい！　ということで、新しい人生を満喫する蒼を書かせてもらいました。ボーナストラック的な楽しみ方をしていただけたらいいなと思います。

とはいえ、今回も蒼は頑張りました。新しい人生を歩むために過去を知り、今までの経験で自分なりの答えを出していく。一歩一歩前に進んできた蒼は、この後も元気に頑張っていけると思います。私もそうありたいなあ、と思う今日この頃です。

さて、今回も本書の出版にあたり、たくさんの方々にご尽力いただきました。前巻に引き続き、素晴らしい画《え》を頂きました萩谷《はぎや》薫《かおる》先生。大人っぽくなったふたりにうっとりしました。そして前巻に推薦文を頂きました日向夏《ひゅうがなつ》先生、望月麻衣《もちづきまい》先生、もったいないお言葉に、心よりの感謝を捧《ささ》げさせてください。本当に、ありがとうございました。

それでは、どうかこの物語が、読んでくださった方々の元気の足しになりますように。

栗原《くりはら》ちひろ

＜初出＞

本書は書き下ろしです。

この物語はフィクションです。実在の人物・団体等とは一切関係ありません。

メディアワークス文庫

サトリの花《はな》嫁《よめ》2

～旦那《だんな》様《さま》と私《わたし》の帝都《ていと》謎解《なぞと》き診療録《しんりょうろく》～

栗《くり》原《はら》ちひろ

2024年2月25日　初版発行

発行者　山下直久
発行　株式会社KADOKAWA
〒102-8177　東京都千代田区富士見2-13-3
0570-002-301（ナビダイヤル）
装丁者　渡辺宏一（有限会社ニイナナニイゴオ）
印刷　株式会社暁印刷
製本　株式会社暁印刷

●お問い合わせ
https://www.kadokawa.co.jp/（「お問い合わせ」へお進みください）
※内容によっては、お答えできない場合があります。
※サポートは日本国内のみとさせていただきます。
※Japanese text only

※定価はカバーに表示してあります。

Printed in Japan
ISBN978-4-04-915524-2 C0193

メディアワークス文庫　https://mwbunko.com/

本書に対するご意見、ご感想をお寄せください。

あて先
〒102-8177　東京都千代田区富士見2-13-3
メディアワークス文庫編集部
「栗原ちひろ先生」係

失恋メイドは美形軍人に溺愛される

～実は最強魔術の使い手でした～

雨宮いろり

メイドが世界を整える。失恋から始まる、世界最強の溺愛ラブストーリー！

　メイドとしてグラットン家の若旦那に仕えるリリス。若旦那に密かな想いを寄せていたものの——彼の突然の結婚によって新しい妻からクビを言い渡されてしまう。

　失意に暮れるリリスだったが、容姿端麗で女たらしの最強軍人・ダンケルクに半年限りのメイド＆偽りの婚約者として雇われることに。しかし、彼はリリスに対して心の底から甘やかに接してきて⁉

　その上、リリスの持つ力が幻の最強魔術だと分かり——。

薔薇姫と氷皇子の波乱なる結婚

マサト真希

スラム育ちの姫と孤高の皇子が紡ぐ、
シンデレラロマンス×痛快逆転劇！

〈薔薇姫〉と呼ばれる型破りな姫、アンジェリカは庶子ゆえに冷遇されてスラムに追放された。学者である祖父のもと文武両道に育った彼女に、ある日政略結婚の命令が下る。相手は『母殺し』と畏怖される〈氷皇子〉こと、皇国の第一皇子エイベル。しかし実際の彼は、無愛想だが心優しい美青年で——!?

皇帝が病に伏し国が揺らぐ中、第一皇位継承権を持つエイベルを陥れようと暗躍する貴族たち。孤独な彼の事情を知ったアンジェリカは、力を合わせ華麗なる逆転を狙う！

いずれ傾国悪女と呼ばれる宮女は、冷帝の愛し妃

巻村螢

全てを奪われ追放された元公女は後宮で返り咲く――後宮シンデレラロマンス

不吉の象徴と忌まれる白髪を持つ、林王朝の公女・紅玉。ある日彼女は、反乱で後宮を焼け出され全てを失った。

それから五年――紅林と名乗り、貧しい平民暮らしをしていた彼女は、かつて反乱を起こした現皇帝・関玿の後宮に入ることに。公女時代の知識を使い、問題だらけの後宮で頭角を現す紅林は、変わり者の衛兵にまで気に入られてしまう。だが彼の正体こそ、後宮に姿を現さない女嫌いと噂の冷帝・関玿で……。

互いの正体を知らない二人が紡ぐ、新・後宮シンデレラロマンス！